Sonya
ソーニャ文庫

# 私と離婚させられそうになった王子が国を滅ぼしそうです

最賀すみれ



イースト・プレス

contents

# プロローグ

「皆、おまえのことなんかとっくに忘れてるさ。もう用なしなんだろう！」

彼はいつものようにそう憎まれ口をたたいた。

めずらしいことではない。キアラは行儀見習いの名目で王宮へ連れてこられた地方貴族の娘。対して彼は、誰もが恐れ敬う王子である。母親によく似た美しい容姿のおかげで国王に溺愛され、この王宮で何をしても許される双子の王子の片割れ。

十二歳という、大半の子供が大人としての振る舞いを覚え始める頃になっても、彼は配慮のない言動を取ることがしばしばあった。三つ年下の少女をからかう時は特にその傾向が強い。

そもそも彼の軽口に、さほど悪意があるわけではない。深く考えずに口にしているだけ。ここに来てから三年間ずっと一緒だったのだ。そのへんは心得ている。

普段であれば、いちいち傷つくこともなかったはず。

だがその時――故郷からの便りが届かないことを揶揄《やゆ》された時に限って、キアラはいつもの余裕を保つことができなかった。

故郷にいる父や親しい人たちは、行儀見習いの名目で人質に出したキアラのことなど、すっかり忘れて暮らしている。もはや故郷にキアラの居場所はない。

その言葉は、キアラの胸を深く貫いた。衝撃のあまり、息が止まりそうなほど哀しくなった。

彼の言葉が真実だと、キアラ自身心のどこかで感じたためだ。

「だからおまえはずっとここにいればいい…………ん？」

大きく瞠《みは》ったキアラの鳶《とび》色の瞳に、みるみるうちに涙がふくれ上がる。それを目にして、彼はぎょっとしたように息をのんだ。

「な、なんだよ……っ」

「――……」

たとえ悪気がなくても、そういう言葉は人の心を傷つけるので気を付けるよう、キアラは苦言を呈しようとした。が、悲しみに喉を塞がれて声が出てこない。そうこうしているうち、こみ上げた涙がぽろぽろこぼれ落ちる。

あ然とこちらを見守る彼の前から、キアラは無言で踵《きびす》を返し、その場を走り去った。

キアラは父親に関心を持たれていない。強さこそが価値という、男性優位な風潮のある故郷で、領主の跡取りとなる男児を切望されていた中に生まれた娘である。人質くらいしか役割はないと皆考えている。母亡き今、キアラの無事を祈り、帰りを待っているような人はおそらくいない。

さしもの気の強いキアラも、その現実を突き付けられ、平静ではいられなくなってしまったのだ。

人気《ひとけ》のない庭園の片隅で膝を抱えていると、ほどなくして足音がひとつ、近づいてきた。

その足音は、離れた場所からこちらの様子をうかがうように、しばらく行ったり来たりしていた。だがやがて意を決したように近づいてくると、おずおずと隣りに座る。

それからも声をかけるかどうか迷い、そわそわする様子の相手に、キアラはぼそぼそと切り出した。

「私が用なしだっていうのは本当よ」

膝頭に顔を埋め、キアラはくぐもった声で言う。

「お父様は、本当は男の子がほしかったの。だから私が生まれた時、心の底からがっかりしたそうよ。おまけに私、健康でおてんばだったから……。『おまえが男だったらよかったのに』って何度も言われた。本当、数えきれないほど何度も」

「…………」

「私、お父様の期待に応えたくて乗馬も覚えたし、乱暴な村の男の子たちを棍棒で懲らしめたこともある。男の子たちは誰も私にかなわなかった。でもお父様は、私の頭をなでて必ず言うの。『おまえが男だったら』って」

キアラは顔を上げようと、涙をぬぐった。

「親戚の男の子にひとり、お父様のお気に入りがいて。お父様はその子のことを本当の息子のように可愛がっているの。いつも傍に置いて、色々と教えて。その子といる時のお父様は、それはそれは楽しそうに笑っているの」

キアラと一緒にいる時には一度も見たことないような父の笑顔を思い出し、収まっていたはずの涙が再びこみ上げる。

嗚咽《おえつ》を殺して、キアラは膝に顔を伏せる。

ややあって隣りに座る王子ルシウスが、ぽつりとつぶやいた。

「おまえの父親は愚かだな。おまえのように忠実で優秀な人材のありがたさに気づかないなんて」

彼は少しだけお尻をずらし、キアラにぴったりと身体をくっつけてきた。

「僕にはわかる」

「――……」

膝に顔を埋めたまま、すんすんと嗚咽の収まりきらないキアラの肩に、彼はそっと頭を乗せてくる。

「大きくなったら僕の元で働け。僕がおまえの努力を正しく評価する」

もそもそと言う様は、まるでキアラを傷つけてしまったことを悔い、励ましているかのよう。

ルシウスは我儘《わがまま》で傍若無人、癇癪《かんしゃく》持ちで、性悪な王子と宮廷で敬遠されてきた。だが最近はそんなことはない。少なくともキアラといる時は、こうして気遣いを見せるようになった。

出会った頃に比べれば、彼は人として成長している。まだまだ我儘なところはあるが、人を弄ぶような無意味な残酷さはすっかりなりを潜めた。キアラはそれを、もっと色んな人に知ってもらいたいと思う。そして宮廷での、偏見に満ちた彼についての印象を改善したい。

でもキアラがそう言うと、彼は決まって返してくる。

「他の人間にどう思われようとかまわない。おまえがいれば、それでいい」

「シベリウスは？」

「あれは僕の片割れだから数に入らない」

「変なの」

「僕はおまえといると楽しい。いない時は姿を探してしまう。どうしてだか分からない。僕の心はおまえと会ってから変わってしまった。明らかにおかしいんだ。だからちゃんと責任を取れ」

「何よそれ」

「責任を取って、ずっとこのまま傍にいろ」

無茶苦茶なことを平気で要求してくる彼は、やはり王子様だ。だが今は、その横柄な我儘がキアラを救ってくれた。大切だと言ってくれる彼の言葉は、肉親のぬくもりに飢えていた心に沁み込んでくる。

「わかった。そうするわ」

彼の望み通り、できる限り傍にいたい。キアラは子供らしいまっすぐさでそう考えた。

口は悪いものの優しい友人と、穏やかな時間に浸っていたい。

身分の差を考えれば、そうしていられるのは今のうちだけだと、頭のどこかで分かっていたけれど。

# 第一章

　ロォム領主の居城は山間の城塞である。頑健にそびえる城門と城の間に、厳《いか》めしい城壁に囲まれた石畳の前庭がある。現在、そこは帰還した兵たちでいっぱいだった。

　彼らは疲れ切り、意気消沈していた。横暴な国王に対し反旗を翻した叛乱《はんらん》軍の兵である。一か月の間、絶望的な戦いに身を晒し続け、そして完敗したのだ。

「よく生きて帰ってきてくれました」

「今はゆっくり休んで」

　キアラはひとりひとりに声をかけていく。しかし応える声はほとんどなかった。

　皆、悔しいのだ。そして戦場に出ることなく、安全な場所にいたキアラが下した決断を恨んでいる。

　そんな彼らに、キアラは城の前庭で兵士たちを自ら迎え、温かい食事を振る舞い、大広間を開放して負傷者を受け入れ、手当てを施した。故郷のために勝ち目のない戦いに挑んでくれた兵士たちだ。できる限り手厚く遇したい。

それでも彼らの暗い眼差しは激しくキアラを責めていた。自分たちをもっとも惨めにしたのは、強大な敵でも、その敵に歯が立たなかったことでもなく、キアラの決断だとでもいうかのように。

自分の判断は絶対に正しい。そう信じていても、怒りと屈辱に満ちた敗残兵の視線を受け続ければ、そんな決意も揺らいでくる。

(私だって死ぬほど悩んだわ。でも、いくら考えてもこの方法以外なかった……)

黙然と入ってくる兵士たちの後ろから、その時、馬の蹄《ひづめ》の音が複数近づいてきた。騎兵隊が帰ってきたのだ。キアラは急いで城門に向かった。

先頭で馬から降りたのは、伯爵の騎馬親衛隊を率いるグラントである。腰丈の外套《がいとう》を翻し、足音も高くキアラの前にやってくる。

彼はキアラの親戚であり、優しく頼もしい兄にも等しい存在だ。しかし彼もまた、今はキアラに苛立っているようだ。こちらを見下ろす眼差しからわかる。

怒りと苛立ちを孕《はら》んだ目を、キアラは負けじと受け止めた。

「おかえりなさい、グラント」

「君には失望した。俺たちはまだやれた。まだ余力があった。信じてほしかった」

強く訴えてくる彼に、不安に揺れる心を押し殺して首を振る。

「いいえ、敗北は必至だった。いたずらに犠牲を増やしたくないの。父の死だけで充分よ」

「我々の誇りを示すために辺境伯は命を懸けたのだ！　なのに後を託された我々が簡単に白旗を揚げるなど――」

「手遅れにならないうちに揚げなければならなかった。でなければ休戦交渉がより難航するもの」

「勝てばいい！　地の利はこちらにあるんだ。武器の優劣は覆せる！」

いつも穏やかで思慮深い彼が声を荒らげる。それは彼自身、自分の言葉が現実的でないことを理解している証拠だった。

「グラント、わかって。負けると分かっていて戦うなんて無意味だわ。無駄死によ」

「無駄死に結構！　このまま奴らにこの地を蹂躙《じゅうりん》されるくらいなら、戦って果てた方がずっとましだ！」

「あなた達は満足するかもしれないけれど、残された領民はどうなるの？」

「――――」

「私たちは、これからもこの地で生きていかなければならない。この土地を守らなければならない。そのためには一人でも多くの力が必要なの。何の得にもならない誇りのために、それを失うわけにはいかない」

キアラはグラントとにらみ合う。どちらも譲れない。キアラにだって迷いはある。少しでも勝ち目があるのならグラントの熱意に賭けてみたい気持ちもある――。

(いいえ、感情で動くべきではない。戦況を見れば結果は明らかだもの)

威勢のいいことを言いながら、一か月の間、ロォム軍は王軍相手に敗北を重ね続けた。一度も白星を挙げていないのだ。敵の優勢が、こちらの士気や地の利を圧倒しているのは明らかだ。

(皆の命を守るため、より確実な道を選ばなければ)

ぐらぐらと揺れる心を、領主としての責任感で支え、キアラはグラントをまっすぐ見つめ続けた。ついに彼が先に目を逸らす。

「そうか。それが君の――新しいロォム伯の言葉だというなら、我々は引き下がろう。だが、王軍を率いるルシウス王子は無慈悲としか言いようのない人間だ。叛乱の陣頭に立った人間が生きていると知れば、必ず捕らえて見せしめに処刑するだろう。俺はここにはいられない」

一方的にそう言い放つと、彼はその場で踵を返して馬にまたがる。

「グラント!」

呼びかけを無視して馬首を巡らせ、彼は去っていった。騎兵隊がそれに続く。

グラントはロォム辺境伯家の遠縁であり、この地の名家の跡取りでもある。そして叛乱の際にはキアラの父の信頼厚い将として兵を率いて戦った。確かにここにいては危険かもしれない。彼は逃げるしかない。

立ち尽くすキアラに、周囲から白い目が集まってくる。どこからか声がもれる。

「女の伯爵なんざろくなもんじゃない」

　キアラは、表面上は何でもない顔を保ち、城の中に戻っていった。


　ロォム辺境伯領は、ドムニア王国北東の高地に位置する。政治的にドムニア王に臣従しているものの、中央とは急峻《きゅうしゅん》な山々で隔たれた土地柄、歴史的に強い自治権を有してきた。山岳地帯の散村で暮らす領民たちは誇り高く、独立不羈《ふき》の気質で知られている。また豊富な鉱脈資源——特に銀の産出を根拠に重税をかけられていることから、中央に対する反発も根強い。

　昨年、その不満を爆発させるような事件が起きた。国王が、ロォム領内にある銀山の一部国有化を一方的に宣言したのである。

　政争に端を発する内戦によって国庫を破綻させたあげく、前ぶれもなくロォムの銀山に兵を送り込み、武力で占拠。ロォム側の抗議にも耳を貸さず、我が物顔で大量の銀を持ち去ったのだ。

　それに対して一か月前、キアラの父——先代ロォム伯は兵を挙げて王軍の駆逐に挑んだ。ようは叛乱である。しかし兵数で圧倒的に劣る上、最新の銃火器の扱いに慣れた王軍を前にしてろくに反撃もかなわず、無惨に蹴散らされた。

　先週、父の戦死を知らされ、同時に爵位を継いだキアラがまず最初に行ったことは、ロォム軍への戦闘停止の命令と、王軍への降伏の申し入れだった。

ロォム軍の反発は大きかった。グラントの言う通り、まだ完全な敗北には遠く、こちらには余力があった。しかし勝てる見込みがないことも明らかだった。

父はそれを承知で、ただロォムの名誉を守るためだけに戦いを起こしたのだ。それなら、兵の命を守るために戦いの幕を下ろすのは娘である自分の使命だろう。

何と引き換えにしても敵軍をこの地から退かせ、平和を取り戻す。兵士たちを生きて家族のもとに戻す。

それが領主としての最初の務めだと、キアラは信じた。一度決めたからには、その道を突き進むしかない。――たとえそのために当のロォム軍からどれほど恨まれたとしても。


グラントを見送ったキアラは、城の執務室へ向かった。父の戦死を知らせる使いが来るまでは、父のものだったロォム伯の部屋である。

息をつく間もなく、ひどく青ざめた顔のヘルン・マグライドが帰ってくる。

「いやはや噂《うわさ》通り、ルシウス王子は恐ろしい御方でした」

交渉役として王軍の陣営に乗り込んだ彼は、開口一番にそう言った。

マグライドはロォム辺境伯の政務顧問官として、キアラの父の代から仕える老練な政治家である。降伏するというキアラの決定を支持してくれている、数少ない家臣のひとりでもある。

　王軍の被害が少ない段階で降伏を申し入れれば、その分、休戦に際しての交渉でも温情を期待できる。そんなねらいもあったわけだが、初老の家臣は首を振りながらうなった。

「あのように冷たい目は見たことがない。まるで見る者を魂まで凍てつかせるかのようでした」

「そう……」

　叛乱軍を討伐する王軍を率いるのは、国王の四男、ルシウス王子である。国民の誰もが知る凄惨な過去を持つ彼は、捕虜への残酷な拷問と処刑、負傷兵や逃亡兵への容赦ない殺《さつ》戮《りく》で知られる冷酷非情な王子だ。

　今回の叛乱においても、キアラの父を執拗《しつよう》に苦しめる戦法をとり、絶望のうちに死なせたという。

「ロォム伯の軍を必要以上に弄んだと、味方である王軍からすら非難が出る有様だったとか。お父上はさぞや無念だったことでしょう……」

　マグライドが苦渋に満ちた口調でつぶやく。

　報告はいやというほどキアラの耳に入ってきた。グラントもまた、抑えきれない憤激を手紙にしたためてきた。彼があくまで降伏を拒んだのは、その怒りのためでもあるだろう。

「そうね」

　相槌を打ちながら、キアラの心中は複雑だった。

（昔の彼はそんな人ではなかった……）

キアラは子供の頃、行儀見習いの名目で、ロォムからはるか遠い王宮に送られた。反抗的なロォムに対する国王側の指示であり、いわば人質である。王宮には三つ年上の双子の王子――ルシウスとシベリウスがいて、キアラは彼らと共に暮らした。双子の王子は国王に溺愛されており、我儘だと評判が悪かったが、キアラにとっては良き友人だった。

現在、多くの人々が口にするルシウス王子についての評価は、キアラの記憶の中にいる彼とまったく重ならない。

だが感傷は無意味だ。マグライドが言うからには、今のルシウスはそういう人間なのだろう。今の状況が大変困難なものだと認識せざるを得ない。

「それで？　ルシウス王子は何と？」

問いに、マグライトは暗い面持ちで告げた。

「まず、この城を即刻王軍に明け渡すようにと。下働きの召使い以外はすべて追い出し、また兵士は武器を城に置いて去らせるように、と」

「負傷兵は？」

「市庁舎へ移せと」

「そんな……」

兵士たちはようやく帰ってきて、腰を落ち着けたばかりである。そんな彼らに王軍のために移動しろ、武器は置いていけなど言えるはずがない。

しかしマグライドは強く言った。

「ひとまずここは従いましょう。ルシウス王子はこの城で休戦交渉をする構えです。明け渡しにもたついて、その間に血気にはやった兵士が問題を起こしたりしては目も当てられません。なるべく早く交渉を始め、こちらの休戦の意志が固いことを敵にも味方にも示すのです」

「わかりました。城に武器を置いて立ち去るよう兵士たちに命じましょう」

「それは私が」

「いいえ、私がやるわ」

キアラは小さく笑って肩をすくめる。どうせ自分はもう、これ以上ないほど嫌われているのだ。

「あなたにはこれから、私と領民の間に入ってもらわなければならないもの。反感を持たれるのはなるべく避けるべきよ」

その後、キアラはひとりで城の大広間へ赴いた。負傷した大勢の兵士たちの前に立ち、決定したことを伝える。案の定、大広間中から火のついたような反発を受けた。

「どういうことですか！」

最も近くにいた指揮官が怒りの形相で詰め寄ってくる。

「国のために戦った兵士たちを城へ迎え入れ、手厚く看護するのは当然と、キアラ様はつい先ほど仰いました。その舌の根も乾かないうちに、この城で敵をもてなすため出ていけと、我々に求めるおつもりですか！　ロォムのために死力を尽くして戦った我々に！」

「王軍によるこれ以上の攻撃を防ぐためには休戦以外になく、休戦のために敵が出した条件が、この城を明け渡すことなのです。どうか従ってください」

相手の剣幕に引きずられないよう、あくまで冷静に答える。しかしその冷静さが、かえって怒りを煽ったようだ。兵士たちは口々に罵声を発した。

「断る！」「そうだ、到底受け入れられん！」「簡単に降伏したばかりか、頭を下げて言いなりになるなど！」「ロォムの気概を何とお考えか！」「武勇を謳われた歴代ロォム伯が知れば、どれほど嘆かれるか！」

そんな中、ひときわ大きな声が大広間の高い天井に響き渡る。

「誇りを守れぬ女にロォム伯たる資格はない！」

そうだ、そうだ、と多くの声が賛同した。

キアラはぎり……、と拳を握る。保守的なこの地では古風な男女観が根強い。外に出て戦い、稼ぐのは男。女は家にとどまり男に従うもの。そんな考えが今もまかり通っている。

新たな伯爵といえど、彼らの期待に沿えない女は容易く排除の対象となるのだ。

(じゃあ好きになさい！　戦って、負けて、あなた達だけでなく家族までも危険に晒すことになってから、他に方法はなかったのかと振り返ればいい！)

喉までこみ上げた反論を、ぐっと飲み込む。ちがう。彼らに思い知らせたいわけではない。最悪の状況になるのを防ぎたい。それが最も強いキアラの望みだ。だからこそ決して負けられない。

お腹にぐっと力を入れ、険しい顔で自分をにらみつける周囲を見まわす。

「ただ勝利に固執するだけの誇りなんて百害あって一利ありません」

「何ですと!?」

「誇りと無謀をはき違えないでください」

キアラは何とか彼らを諫めようとした。ここで押し負ければ、蜘蛛の糸のように儚い王軍との休戦の希望が台無しになってしまう。

だが一度火がついた怒りの前に言葉は無力だった。何を言っても怒りにかき消され、歪んだ意味に捉えられてしまう。激昂した兵士たちに囲まれ、いよいよ身の危険を感じ始めた、その時。

鞭《むち》のように鋭い声が、その場を貫いた。

「脳筋どもがうるさく吠えているようだな。図体は大きいが、中身は子犬か？」

振り向けば、城の入口のほうから、ひとりの男が姿を現したところだった。キアラの心臓がどきりと跳ねる。

ひときわ立派な軍服に身を包んだ長身は、乗馬用の手袋を外しながら、獅子のごとくゆったりとした足取りで近づいてくる。こちらを睥睨《へいげい》する青灰の瞳は、冬の海のように昏く冴え、頭に血が上った者をも一瞬にして凍りつかせ言葉を奪う。憎しみに研がれ続けた眼差しは、それほどに鋭利だった。

再会の予感に弾んだキアラの心も、闇深い視線の前に縮み上がる。

(これは誰……？)

大広間の入口に立つキアラの背後で足を止め、男は無表情でその場を見渡した。たったそれだけの仕草が、兵士をして不安と恐怖を誘うようだ。

「ルシウス王子……」

静まり返った場に、そんなつぶやきがぽつぽつと響いた。

作り物めいた美しい面差しは、記憶の中にあるまま。だがまとう雰囲気は、八年前とはかけ離れている。こんなにも、姿を見ただけで誰かを恐ろしいと感じたことはない。

「――……」

喉の奥で貼りついてしまったかのように、言葉が出てこない。

彼が現れるのと前後して、石造りの城の中に大勢の物々しい足音が響いた。はじめは遠かった足音はあっという間に大広間へたどり着き、先頭の男が声を張り上げる。

「殿下！　敵地での単独行動はお控えください！」

「おまえ達が遅いんだ、ユーゼフ」

ユーゼフと呼ばれた男は王子の傍らに立ち、権高《けんだか》に見据えてくる。こちらは分かりやすく威圧的で、一度はルシウス王子の冷淡さに肝を冷やしたロォム側の神経を、再び逆なでてくる。

その間にも、王軍の兵士たちが大広間になだれ込み、キアラたちをぐるりと取り囲んできた。

ルシウス王子が軽く片手を上げると、王軍の兵士は手にしていたマスケット銃をいっせいに構える。もちろん銃口の先にいるのはロォムの負傷兵たちである。

キアラはぎょっとして声を張り上げた。

「おやめください！　一体何のつもりですか！」

しかし王子は、こちらに一瞥《いちべつ》もくれず、無表情に大広間を眺めたまま「ユーゼフ」とだけつぶやく。すると傍らにいた側近が、代わりに挑発的に応じた。

「休戦の用意があるというからやってきたが、まだ戦闘の続行を希望する輩が多いようだ。不安要素は取り除かなければならない」

「そんな！」

「言葉でわからないようなら、力でわからせるまで。それが王軍《われわれ》のやり方だ」

不意を衝かれ、反撃しようのない状況で、負傷兵は無数の銃口をにらんで黙り込んでいる。

「お願いです、銃を下ろさせてください。――殿下！」

えらそうな側近を無視して、キアラはルシウス王子に詰め寄った。

と、彼は低くつぶやく。

「休戦に異論のあるやつは前に出ろ」

ごく静かな命令だった。しかしそれゆえに真実味がある。歯向かう者の命をいくつ奪おうと彼は何の痛痒《つうよう》も覚えない。虫のように踏みつぶして進むのだろうと、その瞬間に誰もが理解する。

氷室の中にいるような心地に沈黙が降りる中、マグライドが駆けつけてきた。

「異論のある者などおりません！」

ひと目で状況を察したのだろう。初老の家臣は威厳をもって兵士たちへ訴えた。

「さぁ、言われた通りにせよ！　皆、武器を置いて立ち去れ。動ける者は動けない者を手伝い、今すぐ市庁舎へ向かうのだ」

キアラに食ってかかっていたのが嘘《うそ》のように、兵士たちは腰を上げ、速やかに移動を開始した。

複雑な思いで見守りつつ、キアラもひとまず胸をなでおろす。

ロォムの兵士たちが消えたのを見届けてから、ルシウス王子は手を下ろした。と、王軍の兵士たちも武器を下ろす。マグライドが進み出た。

「ルシウス殿下。これほど早くおいでになるとは……」

と、またしてもユーゼフが代わりに応じる。

「無駄に時間を費やす必要はないだろう。速やかに殿下を会議室へ案内せよ」

「かしこまりました。こちらでございます」

きびきびとしたやり取りの末、マグライドが先に立って歩き出す。

キアラはルシウス王子に声をかけようとしたが、他を圧する佇《たたず》まいには、近づくことすらためらわせる空気がある。躊躇《ちゅうちょ》しているうち、彼はこちらには目もくれずにマグライドの後に続いて歩き出した。赤の他人のような背中を、わずかな衝撃と共に見送る。

(私のことなんか、もう忘れてしまった?)

四年も一緒に過ごした仲だというのに。その頃は互いに親友と呼んでもいい関係であったのに。

(それも、あなたにとっては思い出せないほど過去のことなの……?)

さみしい、という子供っぽい感傷を胸にしまう。

彼らの後ろについて歩きながら、キアラはルシウス王子の背中を見つめた。

この八年間、彼に友達を思い出すような余裕はなかっただろう。

キアラが王都に行って四年が過ぎた頃、当時の国王が崩御し、それを機にキアラは故郷に帰された。

聞くところによると、その後、先の国王に反発する勢力が台頭した王宮において、双子の王子に対する宮廷ぐるみの虐待が始まったという。

壮絶な悪意にさらされた双子は、成長するにつれて人とは思えぬ冷酷さと、忌まわしい狡知《こうち》を身に着けていった。やがて幽閉先から逃げ出した彼らは、不遇をかこつ貴族を味方につけて内乱を起こし、最終的には自分たちを虐げた貴族を残らず惨殺《ざんさつ》して宮廷を震撼させた。

見せしめは功を奏し、それ以来、宮廷で彼らに逆らう者はいなくなった。――それが国中で知られる双子の王子の物語である。

キアラの記憶の中にいるルシウスは、王子らしく気位の高い性格ではあったものの、それ以外は普通の少年だった。一体どれほど過酷な目に遭ったのか。どんな経験が彼をそこまで変えてしまったのか。想像するだけで胸が痛む。

(でも――生きていてよかった……)

彼にとってどうかはわからないが、キアラにとって彼は大切な昔なじみだ。再び会えてうれしい。

八年ぶりに目にした彼は、母親譲りの美貌はそのまま、見違えるほど立派になっていた。

壮絶な虐待を生き延びた双子の王子は、内乱を通して政敵をことごとく屠《ほふ》り、最終的には双子の片割れであるシベリウス王子が王太子の座に就いた。ルシウス王子は補佐として、政治と軍事の両面から兄を支える立場である。

実際、自分より年嵩《としかさ》の臣下を大勢従える姿は、若いながら犯しがたい威厳に満ちていた。

おまけに戦場からやってきたというのに、物腰はあくまで洗練されており、思わずため息が漏れるばかり。

山間の田舎からは一刻も早く帰りたいのか、会議室に到着するなり、ルシウス王子は前振りは無用という性急さで、休戦協定についての協議を始めさせた。

実質的なやり取りは、これまでも交渉に当たっていた、ユーゼフとマグライドを始めとする双方の実務者が担当する。よってルシウスもキアラも話を聞いているだけでいい。

ルシウスはテーブルに対して椅子を横に向け、長い足を組んでいた。テーブルに頬杖をつき、眉間にわずかに皺を寄せ、厳しい面持ちで会議の進行を見据えている。

そのせいか協議の場は、重く張り詰めた雰囲気だった。ひどく息苦しい。

キアラは無言でルシウスの怜悧《れいり》な横顔を見つめ、柔らかく光を孕んだ金の髪や、秀でた額は昔のままだと懐かしみながら、今はこんなふうに向き合わなければならない不運に息をつく。

彼の青灰色《せいかいしょく》の瞳は、一度もキアラを見なかった。昔なじみがいるとやりにくいと、一応気にしているのか。あるいは彼の中でキアラはすでに、背景のようなその他大勢の中に埋もれているのか。

（それにしても、ずいぶん長くかかるわね……）

キアラは、調度品でもあるオーク材の大きな振り子時計にちらりと目をやった。協議を始めてから、気づけば四時間がたっている。普通であれば、とっくに切り上げている頃合いだ。

本来こうした話し合いは二、三日――長ければ一週間ほどかけて調整していくのが通例だが、どうやら王軍側は一日で終えてしまいたいようだ。

（任務とはいえ、一か月以上も王都から離れていたんですものね……）

きらびやかな王宮に、彼らの心は早くも飛んでいるのだろう。王子の眉間の皺は、形式的な協議に時間を費やされることへの苛立ちによるものかもしれない。

実際、話し合いとは名ばかりで、国王側の要求を確認し、こちらが受け入れるだけの内容である。何日もかけようがないと言われればそれまでだ。

叛乱を起こす前に求められた額よりも、さらに重い税を納めること。ロォムが所有する銀山をすべて国王へ献上すること。領内に王軍の要塞の建築を認めること。建築のための資材や労働力を提供すること、等々。

どれひとつ取っても、本来であれば受け入れがたい内容である。しかし今は承諾するしかない。

（お父様が聞いたら卒倒するわね……）

どこか冷めた気持ちでキアラは考えた。

父との関係は、正直微妙なものだった。彼は喉から手が出るほど息子を欲しがっており、キアラに満足していなかったためだ。正妻であるキアラの母は、夫のため無理な出産に臨んだ結果、命を落とした。父はその後も複数の愛人と十人近い子供を作り、その中には男の子もいたが、キアラ以外は全員幼くして病死した。父の嘆きは深かった。

（でも、王都ではそんなこと忘れていられた……）

実質的な人質だったとはいえ、王都での四年間は自由で楽しかった。誰の顔色もうかがうことなく、好きに暮らすことができたのは、後にも先にもあの時だけ。ルシウス王子が共にいてくれたおかげだ。

「どうだろう？」

昔を懐かしく思い出していた中、急に話を振られてハッとした。

気づけばルシウス王子の青灰の瞳が、ひたりとこちらに向けられていた。再会してから初めて目が合った気がする。

いや、そんなことを考えている場合ではない。キアラは急いで記憶をひっくり返した。

話はきちんと聞いていた。確か――。

記憶をなぞるように王子が言う。

「新たなロォム辺境伯が私と結婚するなら、増税だけは免じよう。また銀山の収益の一部をロォムに還元してもいい」

「け、結婚……？」

思わず絶句してしまう。ちらりとマグライドを見る。彼も苦い表情だった。

休戦協議の中での結婚の提案は、いわば平和的な領地の乗っ取りに等しい。統治者の伴侶という立場を利用して、今後は内側からロォムを国王に従属させていく腹づもりにちがいない。

「銀山の権益を失い、且《か》つあの増税を課されるのでは、ロォムの経済的に深刻な疲弊は免れない。私との結婚でその片方を回避できるのは悪い条件ではないと思うが」

テーブルに頬杖をついたまま、ルシウスはあくまで事務的に言う。個人の感情が介在する余地などない、とばかりに。

結婚を選択した場合の彼との未来が、キアラには手に取るようにわかった。結婚証明書に署名をし、夫婦としてすることをすませたら、彼はさっさと王都へ帰っていくに違いない。いわゆる別居婚だ。政略結婚をした世の多くの夫婦と同じように。そして宮廷において、彼はさもロォム側の代表者であるかのような顔をして、国王に都合の良い決定を受け入れるのだろう。

（それでも――）

大幅な増税が免除され、銀山の収益の一部が得られるというのなら、多少は叛乱を起こした意味があったということになる。市民感情も少しは慰められるだろう。何より彼らの暮らしがその分だけ楽になる。

結婚の条件としては申し分ない。ただひとつ、決意を乱すものがあるとすれば――。

キアラは室内に飾られた先代ロォム伯――父の肖像画に目をやった。立派な口ひげを生やし、口元を厳しく引き締めた顔からは不屈の精神が伝わってくる。

今頃天国で娘のふがいなさを嘆いていることだろう。

（それでも私は、私のやり方でこの地を守ります）

肖像画の中にいる父に、心の中でそう告げる。そしてキアラは真正面からルシウスを見据えた。

「かしこまりました。殿下と結婚します。ですが条件をつけさせてください」

眉間にわずかな皺を寄せたまま、ルシウスは「条件？」と返してくる。

「はい」

今結婚すれば、キアラがまだ伯爵として若輩なのをいいことに、あれこれ引っかきまわされるかもしれない。結婚するにしても猶予が必要だ。

「今は婚約だけ。結婚式は二年後に挙げる。それでもよければお受けします」

キアラは現在十八歳。二年後はまだ二十歳だ。遅くはないはず。

その二年間でロォムの統治者としての足場をしっかりと固め、実権をにぎり、王子につけ入る隙を与えないようにするのだ。

彼は苛立ちをにじませて息をついた。今片を付けることができるものを、無駄に長引かせる往生際の悪さに呆れているのかもしれない。

「情勢が変わって白紙に戻るかもしれないと期待しているなら無駄なことだ」

冷たい口調に、落ち着いて返す。

「そのようなつもりは毛頭ございません」

「婚約期間中に、こちらの目を盗んで他の縁談を進めるようなことがあれば――」

「王家を敵にまわして敗北した我々と手を組みたい人間がいるとは思えません。心配は無用かと」

「だが婚約は破棄できるからな……」

神の前に誓いを立て、基本的に離婚の許されない結婚とちがい、婚約は法的効力が強くない。

あからさまな不信を口にされ、心外な思いで言い返す。

「破棄などしません！　ロォム伯の名前と誇りにかけて誓います」

胸に手を当てて力強く訴えると、ルシウス王子は目を丸くした。それから口元を拳で押さえる。口元がほころんでいる。

（笑った――）

ふいに目が合い、どきりとした。先ほどまでとはちがうひたむきな眼差しが、まっすぐに胸を射る。

にわかに胸がドキドキした。急にそんな顔を見せないでほしい。

ルシウス王子が再度提案してくる。

「こうしよう。今日ここで結婚する。ただ二年の準備期間を設け、挙式や、実際に夫婦となるのは二年後――君の二十歳の誕生日とする。その間、私はロォム伯の仕事に口出しをしない。どうだろう？」

どうだろう、と言いながら、もはや決定事項のようなものだ。こちらの立場は、これ以上ごねられるほど強くはない。どういうわけか、彼は何が何でも今日中に結婚したいようだ。

抵抗は無駄と悟り、キアラはせめてもの条件をつけた。

「加えて二年間、ロォム伯の伴侶としての政治的な言動を控えていただけるのであれば、かまいません」

「いいだろう」

「え……」

あまりにもあっさりと要求を受け入れられ、逆に拍子抜けしてしまう。が、すぐに気を引き締めた。

(いいえ、頭から信じることはできないわ)

結婚してしまえばどうとでもなる、とでも考えているのだろう。実際、約束を反故《ほご》にしたところで離婚はできないのだから。二年の間、いっそう用心しなければ。

驚いたことにすでに神父が呼ばれ、結婚証明書を手に隣室で待機しているという。ユーゼフに伴われて会議室にやってきた神父は、皆の前に結婚証明書を置いた。

まずルシウスがそこに署名する。続いてキアラが羽根ペンを手に取った。その際、ただならぬ視線を感じてルシウスを見れば、彼は食い入るような目でこちらを凝視している。

(……何？　何なの？)

躊躇しつつペン先をインクに浸した瞬間、会議室のドアが開き、王軍の兵士が顔をのぞかせた。旅装から見るに、遠方から到着したばかりのようだ。

「ルシウス殿下、シベリウス様より急ぎの用件が――」

「後にしろ!!」

ルシウスが荒々しい怒声を張り上げて追い返す。それまでの冷静さをかなぐり捨てた豹変ぶりに、キアラはペンを手にしたまま思わず息をのんだ。

「なりません、殿下！　シベリウス殿下が……！」

悲痛に叫ぶ急使は、ユーゼフによって速やかに室外へ連れ出されていく。ルシウス王子はキアラに向けて「さぁ」と促した。

「あの、でも、急使って……」

こちらにかまわず緊急事態を優先してほしい。気を使って言おうとしたところ、ルシウスが恐ろしく威圧的な顔で迫ってきた。

「いいから署名を！」

「はいっ」

気圧されてすばやく署名をする。そうしながら内心は不安でいっぱいだった。一瞬でも早く署名を得なければ、自分の生命に関わるとでもいうかのような真剣さ。

（そんなに結婚したいなんて……）

彼はロォムで一体何をするつもりなのだろう？

焦燥に胸をかき乱されながら、さらに休戦協定の条件が書かれた書類にも互いに署名をする。ルシウス王子はそれを丸めて取り巻きの一人に渡した。

「これを父上に」

男は「はっ」と返事をして受け取り、その場で踵を返して去っていく。他の取り巻きたちもそれに続く。

ルシウス王子は一人でその場にとどまった。先ほどの急使が連れてこられ、書状を渡す。彼はその場で書状を開いて目を通した。そしてくちびるの端を持ち上げる。

キアラはその、意地の悪そうな表情に見とれた。けぶるような金のまつ毛の下、伏せられた青灰の瞳。鼻筋の通った凛々しい顔。背が高いため細身に見えるが、首や肩、胸は厚みがあるのが軍衣の上からでもわかる。自分を虐げる大人たちに負けないよう、必死に己を鍛え上げたのだろう。

凄惨な過去が彼から甘さを削ぎ取ったのか、八年前とは比べ物にならないほど冷淡で、強靭そのものといった佇まいである。

だが——その凛々しく、頼もしいこと。

(待って。抑えて。軽薄なことを考えている場合ではないわ……)

この結婚には、付帯する責務が山のようにある。あくまで政略なのだ。そもそもルシウス王子は、自分の知っている八年前の優しい彼とは違う。そう理解しつつ、そわそわと落ち着きのない気持ちになる。

(落ち着いて。ロォム伯として毅然《きぜん》と対応するのよ。まちがってても浮かれているなどと思われないよう——）

　自分を厳しく抑えつけながら、キアラはあくまで冷静さを保って声をかける。

「殿下はいつ頃お発《た》ちになるのですか？」

「発つって？」

　手にしていた書状をぐしゃぐしゃにし、暖炉へ放り込んで燃やしながらルシウス王子は背中で答える。

「王都へは帰らない。ずっとここにいるよ」

「え？」

「今日から僕が帰る場所は君のいるところだ！」

　振り返った彼は、端正な顔に、この上なく晴れやかな笑顔を浮かべていた。

「長かったキアラ！　八年間ずっと、ずっとこの日を待ち焦がれていた！」

　先ほどまでの冷淡な無表情が嘘のように、とことん浮かれた口調で言う。あ然としているうち、近づいてきた彼にさらわれるようにしてキアラは深い抱擁を受けた。

「君をこうして抱きしめたかった……！」

「ひっ……!?」

　いきなり悩ましい官能的な香りと、温かな肉体の感触に包み込まれ、異性に対する耐性のないキアラはくらくらしてしまう。しかしすぐに我に返り、相手の胸を押して引きはがそうとした。が、腕はビクともしない。

「はっ、放してください……っ」

「なぜ？」

「なぜって、突然こんなこと、礼儀に反しています……！」

「礼儀って。僕らはもう神が認めた夫婦じゃないか」

そう言うと彼は抱きしめる腕にますます力を込め、キアラの頬に自分の頬をこすりつけてきさえする。

(ひぃぃぃ……!?)

いくら魅力的な王子とはいえ、急にそんなことをされては困惑するばかり。おまけにこの勢いは何なのか。もはや怖い。今すぐ逃げたい。

(何？　何なの？？　五分前までとは別人すぎない？？？)

目を白黒させながらキアラは抗議の声を張り上げる。

「夫婦らしいことをするのは二年後からって……!?」

「抱擁は夫婦らしいことの内に入らない。二年後に結婚を控えた恋人らしいことだ」

「いいから放して——放しなさい、ルシウス！」

つい八年前の感覚に戻って、聞き分けのない王子を叱りつけてしまう。直後ハッとしたものの、そこには八年前と同じ——いや、もっと嬉しそうなルシウスの満面の笑みがあった。

「あぁ、キアラだ！　会いたかった！」

「は……!?」

「邪魔も入らず、無事に結婚できて本当によかった」

「邪魔……？」

その言葉にふと気づく。もしや先ほど燃やしたあれは、誰かが何らかの理由で結婚に反対する書状だったのか。キアラは暖炉を見た。が、書状は跡形もなく灰になっている。

「敵を一掃して以来、君との結婚は僕の人生の至上命題だったんだ。あ、敵ってロォム軍じゃなくて、王宮に巣くっていた僕の政敵のほう」

なるべく離れようと無駄な抵抗を試みるキアラをむぎゅっと抱きしめて、彼はそれはそれは幸せそうなささやきを、新妻の耳にとろりと注ぎ込んできた。

「愛してる。心から。もう絶っっっっっ対に逃がさないから」

# 第二章

王都で暮らしていた間、ルシウス王子は一貫してキアラの一番の友人だった。しかし出会いは、最悪という言葉では言い尽くせないほどひどいものだった。

十二年前。六歳だったキアラは、たった一人で故郷から遠く離れた王都へ送られた。恐ろしいことは何もないから大丈夫、と周りの大人は口をそろえていたものの、もしロォムと国王との関係が悪化し衝突に発展すれば、自分も無事でいられないということは理解できる年齢だった。

それでもキアラは役目を受け入れた。武勇で名高いロォム辺境伯の娘として、ふさわしい誇り高さと勇敢さを備えていることを周囲に示したかったためだ。

見送りの際、父はキアラの肩をたたいて言った。

『王宮の軟弱な貴族共にロォムの気概を見せてこい。よいか、まちがっても涙を見せたりするでないぞ』

『はい、お父様』

もちろんそのつもりだった。田舎の伯爵の娘だからといって、身分の高い貴族たちにおもねるつもりはさらさらなかった。

そうして乗り込んでいった王宮には四人の王子がいた。高齢の国王には壮年の王太子がおり、その王太子にとって最初の妻が生んだ二人の王子と、二番目の妻が生んだ双子の王子、合わせて四名である。双子の王子はキアラと三つちがいだったため、キアラは彼らと一緒に育てられることになった。

キアラが双子の王子に挨拶をしに行く際、世話係の侍女は厳しい顔で言い含めてきた。

「決して王子様方に失礼な態度を取ってはなりません。お二人のご不興を買えば恐ろしいことになります。この王宮で暮らしていけなくなるやもしれません。どうぞご留意を」

くどいほど念を押してくる様子を、少々いぶかしく思いながら、キアラは侍女の後についていった。

ひときわ豪華な王宮の一室で、初めて目にした双子は、見た目は一対の人形のように愛くるしかった。

大きな青灰色《せいかいしょく》の瞳に、つんと尖った小さな鼻、さくらんぼのように赤く甘やかなくちびる、まばゆいほど輝く金の髪。――この世にこれほど完璧に美しい子供がいるのかと、キアラは息をのんだ。

しかしよく見れば、こちらを見やる眼差しには知性のかけらもなかった。ひとりはS字の長椅子の背にだらしなくもたれかかり、ひとりは寝転んだまま背もたれに膝をかけてキアラを迎えた。座り直すそぶりも見せない。なんて失礼な子なんだろう。

キアラは不快感を抑えてその場で頭を下げる。

「ロォム伯ウォードの娘、キアラにございます。年上の王子様方に、勉強でも他のことでも早く追いつけるように頑張ります」

教えられた通り、へりくだり過ぎない程度に、礼儀にかなった作法で挨拶をした。にもかかわらず、双子は品のない薄笑いで応じる。

「身の程知らずなロォムの人質か」

「弱っちいのに反抗的だからそんなことになる」

「僕たちの言うこと聞かないとひどいからな」

「僕たちは逆らう人間が大嫌いだ。覚えておけ」

手にしていた乗馬用の鞭で長椅子を打ち、鋭い音をたてて双子は笑った。キアラの横で侍女がびくりと肩を震わせると、笑い声はますます高くなる。

キアラはあまりにも腹が立ち、言い返そうと大きく息を吸った。しかしその時、侍女がキアラの肩を強くつかみ、首を横に振って制してくる。緊張に満ちた表情に気圧され、その時は反撃を控えた。

キアラを早々に双子の前から連れ出し、充分離れたところで、侍女はホッとしたように息をついた。

「あぁよかった。肝が冷えたわ」

そして人差し指を立てて言い含めてくる。

「失礼な態度をとらないよう申し上げたはず。何を言われても、言い返すなどもってのほかです」

「でも、あの子たちが失礼なことを言うから……！」

「キアラ様に対してだけではありません。双子の王子は、国王陛下とリュドミラ様以外の誰に対してもあのように振る舞われるのです」

「リュドミラ様？」

「お二人の母君で、現在の王太子妃です」

王宮の長い廊下を歩きながら、侍女は双子について詳しく説明した。

それによるとリュドミラは息子たちを溺愛するあまり、二人が何をしようと決して叱ることなく許してしまう。そのため召使いはもちろん、貴族の臣下でさえあの二人に逆らうことはできないという。少しでも不興を買えば、リュドミラが大騒ぎをして重い罰を下してくるためだ。

加えて祖父である国王までもが、双子を目に入れても痛くないほど可愛がっていることもあり、彼らはおそろしいほど甘やかされて育った。父親である王太子すら何も言えない状況だと、侍女は深いため息をついた。

「リュドミラ様は大貴族であるケグシャー公爵の唯一のご息女。おまけに国王陛下もリュドミラ様の味方とあって、王太子殿下もなすすべがないようで」

というわけで、双子は毎日、王子としての勉強も鍛錬もそっちのけで、鞭を片手に人を威圧して遊びまわっているという。おかげで宮廷中が腫れ物にさわるように接し、なるべく関わらないようにしているそうだ。

「ですからキアラ様にも気を付けていただきたいのです。万が一何かあればキアラ様のみならず、世話係の私まで咎《とが》められますから」

「はい。よくわかりました」

険しい顔でそう諭してくる侍女に、キアラはかしこまって応える。そして心の中で付け加えた。

できる限り我慢します、と。

残念ながらキアラの堪忍袋の緒はあまり長くない。それは王都に着いて三日後に証明されることとなった。

その日、キアラは王宮内の地理を把握するべくひとりで散歩をしていた。二日間、雨が続いて外に出られなかったため、初めての散歩である。

運の悪いことに、キアラは人気のない庭園の一角で双子と鉢合わせてしまった。顔を合わせるのは二度目である。何しろ双子は義務である勉強の場に来ない。キアラはひとりで授業を受けている。

「ごきげんよう」

世話係の侍女に言われた通り、キアラはひとまず礼儀正しく頭を下げた。すると双子はキアラを左右からはさむように立った。弄ぶ獲物を見つけたと言わんばかりの目つきである。

「誰かと思ったら人質じゃないか」

「故郷に帰りたくて毎晩めそめそ泣いてるんじゃないか？」

「逃げ出して帰ってもいいんだぞ。目障りなのが消えて、こっちも清々する」

「どうなんだよ」

「何とか言え」

「――……」

我慢。我慢だ。怒ってはいけない。自分は人質としてここに来た。問題を起こしてはならない。

キアラは子供心にそう考え、じっと口をつぐんで立ち続けた。そんな努力をあざ笑うかのように、双子は手にした乗馬用の鞭で、キアラの頬を両側からつついてくる。

「変な顔！」

「何か言えよ。この口は何のためについているんだ？」

「人語がしゃべれないのかも」

「じゃあ豚語でいいぞ。ぶひぶひって鳴いてみろ！」

ゲラゲラと笑いながら、片方がキアラの肩を強く突き飛ばした。キアラは地面に倒れこんでしまう。土は二日続いた雨によってぬかるんでいた。手も顔も、身に着けたドレスも泥に汚れてしまい、キアラは呆然とする。そんな姿を見て、二人はお腹を抱えて笑っていた。

「よくもやったわね！」

キアラは気がつけば、二人に向けて泥の塊を投げつけていた。怒りのままにつかんでは投げ、つかんでは投げをくり返す。双子は腕で顔を守りながら狼狽《ろうばい》して叫んだ。

「やめろ！　何をする！」

「僕らが誰か知らないのか!?」

キアラは再び泥を投げて返した。

「やったらやり返されるのよ！　当然でしょう！」

何しろロォムは強さこそ価値という土地である。キアラの周りには父親を始め、常に強い男たちがいた。攻撃されたら必ず反撃するよう、教えられずとも心得ている。

「あぁ、あんた達にとっては当然じゃなかったんだっけ？　かわいそうに」

キアラはゆっくりと立ち上がり、甘やかされた双子を軽蔑の目で見やった。彼らは三つ年上。自分よりも身体が大きい。だが仮にケンカになったとして怖くはなかった。

キアラはこれまで男の子と取っ組み合いをしたことが何度もある。体格が同じくらいの相手には負けたことがない。

「おまえ、許さないぞ！」

　双子の片方が鞭を振りかぶってたたきつけてくる。それをひょいと避け、キアラは逆に相手の手首をつかんで鞭を取り上げた。すると相手は顔を真っ赤にして怒る。

「避けるな！　無礼者め！」

「馬用の鞭で人を打つ方がよっぽど無礼よ！」

「追い出すぞ！」

「あぁそう、もうあんた達の顔を見なくてすむのね。嬉しいわ！」

「シベリウスを放せ！」

　もう片方が鞭をふるってくる。キアラはそれも機敏に避け、自分が持っていた鞭で力いっぱい相手の胸を打った。パン！　と大きな音がする。肌が露出していない場所を選んだのは、さすがに怪我をさせてはいけないと思ったためだ。服の上からなら衝撃はあっても痛みもないはず。

　しかし打たれた側は――ルシウス王子は呆然と立ち尽くした。もしかしたら他人にたたかれたことが、今までに一度もなかったのかもしれない。

　キアラは二人を正面から見据え、鞭の先端を突き付けた。

「あんた達はバカにされてるのよ！　みんな、おとなしく仕えているけど、心の中では笑っているの。でも陛下とリュドミラ様が怖くて何も言わないだけ！」

「なにを⁉」

「嘘をつくな！」

「じゃあ、みんながへいこらするのを自分の力だと思っているの？　そんなはずないじゃない。あんた達には何の力もない。なのに世界で一番えらいみたいにえばって、バッカみたい！」

「バカって言ったな！」

「来たばかりのおまえに何がわかる！」

「私はよそ者だけど、陛下やリュドミラ様が必ずあなた達よりも先にいなくなるってことはわかる。その時どうするの？　考えたことある？」

それまで顔を真っ赤にして怒っていた双子が、そう言われたとたん、ハッとしたように黙り込む。そして、黙り込んだことを恥じるようにまたしても怒鳴ってきた。

「おまえこそバカだ！　大バカだ！　バーカ！」

「二度と僕たちの前に出てくるな！　顔を見たら鞭でたたくぞ！」

わめく王子たちに、キアラはため息をついた。子供だ。三つ年上と思えないほど幼い。ロォムでは、彼らよりも小さい子ですら、自分がやるべきことをきちんと心得ているというのに。

農民の子には農民の子の、商人の子には商人の子の、騎士の子には騎士の子の、それぞれ役割があるのだ。王子にだってきっとあるはず。自分はまちがっていない。

「私だってもう会いたくないわ！　さようなら。二度と話しかけないで！」

売り言葉に買い言葉でどなり返し、キアラはぷいっと顔を背けて踵を返した。

燃える怒りが冷めやらず、ずんずんと大股で歩いていき——王宮に戻った頃になって、血の上っていた頭がようやく冷えてくる。

「どうしよう……!?」

キアラはその場にしゃがみこんだ。

やってしまった。考えなしは自分も同じだ。こんなことが知られたら、着いてたった三日でロォムへ帰されてしまう。よりにもよって、国王の愛孫《あいそん》である王子たちにケンカを売ってしまったのだ。国王は彼らの言うことを何でも聞くというし、きっと王宮から放り出されてしまう。冷静さを失い、役目を果たせずに帰されるなんて情けない。

泥だらけの理由を侍女に問われたキアラは、転んだと、小さな声で答えた。きっと明日になれば、双子とケンカをしたと知れてしまうだろうけれど。

その日、双子もまた泥だらけで王宮に帰ってきたため、召使いたちは上を下への大騒ぎだった。しかし彼らは、お互いに泥遊びをしていたからと言ったらしい。それは非常に意外なことだった。

（私のこと、誰にも話さなかったのかしら……？）

翌日、キアラは気を付けていたというのに、またしても双子と鉢合わせてしまった。待ち伏せでもしていたかのような構えで、二人はこちらの顔を見るや「田舎娘がいた」と絡んでくる。

キアラが相手にしないで通り過ぎると、「無視をするなんて生意気だ」「わからせてやらないと」と聞こえよがしに悪態をついてきた。

しかしキアラは知らんふりして歩き去る。わがまま王子になど関わらないのが一番。昨日のことでまだ怒りが収まっていなかったというのもある。

近づかないのがお互いのため。キアラのそんな考えとは裏腹に、双子は後をついてきた。片割れが「おい！」と呼び止めてきたため、しぶしぶ足を止める。

「僕はルシウスだ。おまえ、僕たちの区別がつかないだろう？　特別に教えてやる。首の右側にほくろがあるのが僕、左側にあるのがシベリウスだ」

そう言うルシウスの肩に腕をまわし、シベリウスは未知の動物でも見るような目でキアラを眺めてくる。そういえば、美しい双子は始終くっついていて、別々に行動することがないようだ。よって普段から「双子」とまとめて扱われている。

ルシウスはキアラの腕をつかんだ。

「来い。僕の馬を見せてやる。この世で一番美しい白馬だぞ」

「残念ですが、これから授業があるので」

「僕の誘いを断るのか？」

「二度と出てくるなと言われましたし」

つん、とそっぽを向くと、ルシウスはもごもごと「あれは取り消す」と言う。しかしキアラは無視して歩き出した。するとルシウスは猫なで声を出して追いかけてくる。

「なぁ、バカなおまえが勉強したところで、頭がよくなるとは思えない。僕らと遊んだほうが色々いいことがあるぞ」

「バカで悪かったわね！　だから勉強するんでしょう？　用がないならかまわないで」

「何で怒るんだ。得なほうを勧めただけなのに……」

「バカって言われたからに決まってるじゃない」

「おまえだって僕のことをバカって言うじゃないか」

「確かに言いました。怒ったなら、私のことはもう放っておいて」

「あ、おい、待て――」

ルシウスはキアラの前に回り込んできた。そして腕を組んで、えらそうにふんぞり返る。

「僕は怒ってない。だからおまえも怒るな」

「私はまだ、昨日のことを怒っています」

「どうすれば怒らなくなるんだ？」

「無礼を謝るべきよ」

「謝る!?」

「鞭でつついて、豚みたいに嗚けと笑って、泥の上に私を突き飛ばしたじゃない。私と話したいなら、まずはそれを謝って」

昨日のやり取りを持ち出してそう言い渡すと、ルシウスはさすがに顔を真っ赤にして怒った。

「おまえ！　いい気になるな！」

そう言うや、踵を返して去っていってしまう。シベリウスは言わずもがなである。

しかしその後も、キアラは彼らを全力で避けているにもかかわらず、ルシウスは自らキアラの前に現れるようになった。キアラが彼を無視しても、ずっと追いかけてくる。

そしてある日、ついに悔しそうな顔で謝罪を口にした。またシベリウスにも無理やり頭を下げさせる。

それは彼らの普段の評判から鑑みるに非常に意外なことで、キアラはむしろ戸惑ってしまった。

正直なことを言えば、双子とはあまり関わりたくない。だが、その時ふと思いつく。

(この王子たちが立派な大人に成長すれば、みんなが喜ぶんじゃない？)

権力を持った王子が公正な人間になれば、国民も嬉しいだろう。またそんな彼らと親交があれば、キアラが将来父を手伝う上でも何か利があるかもしれない。

そんな思いから、キアラは彼らの呼びかけに応えることにした。周りの大人が彼らに物を言えないというのなら、自分が善悪を教えるのだ。

そうして、キアラによる双子の教育が始まったのである。

「王子は将来、王様の仕事を手伝わなければならないのよ。でも今勉強しておかなければ、みんな、あなた達を仲間外れにするわ」

例えばキアラがそんなことを言うと、双子は鼻を鳴らして反論してくる。

「そんなことさせるものか」

「でももしみんなが難しい話を始めたら、あなた達は退屈して、その場からいなくなるでしょう？　それは追い払われているのと同じじゃない」

「そんなの許さない！」

「どう許さないの？　勉強しなければ、みんなが何を話しているのかもわからないのに」

問いに、双子は胸を張って同時に応えた。

「おじい様に言う」

「母上に言いつける」

キアラは全力でため息をついた。

「カッコ悪い！」

「「何だと!?」」

「言うことを聞かせたいなら、まずみんなと話ができるようにならないと」

双子は反論できずに黙り込む。やがてシベリウスがぼそりと言った。

「勉強なんてつまらないこと、絶対やらないぞ」

「そう。でも私はやるわ。そろそろ授業の時間だから失礼するわね」

冷たい声を出して立ち去るそぶりを見せると、ルシウスがついてくる。

「おい、待て。おまえがそうまで言うなら、やってやらないこともない……」

そんな弟を、今度はシベリウスが「おい、本気か?」と追いかける。「しっ。キアラを怒らせたくない」「知ったことか」「僕は行く」「嘘だろ……」――双子がボソボソと話しているのが背後から聞こえてくる。キアラは聞こえないふりをした。

双子は、何も教えられていないため今は愚かだが、教えられればちゃんと考えて、どちらが得かを計算することはできるようだ。彼らとの会話を通してキアラはそう気づいた。

その証拠に、この頃を境に双子はきちんと授業に出るようになった。元々素質はあったのだろう。最初のうちは三つ年下のキアラに大きく後れを取っていたものの、しばらくするうち勉学の才を開花させた。

勉強し、様々なことを学んだ彼らは少しずつ変わっていった。

勉強のみならず鍛錬もまじめに励むようになり、知力や腕力をつけて成長することを楽しむようになった。自信がついてくると、昔のようにめったやたらに鞭をふるって他人を威圧する真似もしなくなった。

変わりように驚いたのは、召使いたちも同じだった。彼らはたびたびキアラに言った。

「キアラ様に良く思われたいという気持ちが、王子たちの原動力となっているのですね」

キアラは曖昧に笑った。否。原動力は、おそらく彼らが無意識に感じ取っていた危機感のはずだ。王宮で数か月暮らしただけでキアラにも見えてきた。

双子の味方は祖父と母親だけ。その二人以外は全員、双子の敵であった。

キアラが指摘した通り、もしその二人がいなくなれば、双子の命運が尽きることは誰の目にも明らかだった。

キアラが十歳になる頃、当時の国王が長患いの末に崩御した。息子の王太子が王位を継ぎ、それと同時にキアラは故郷に帰されることとなった。

その決定に対するルシウスの怒りようは大変なものだった。

「帰るなんて絶対に許さない！　故郷より、ここにいるほうが楽しいって、いつも言ってたじゃないか！」

「しかたないじゃない。新しい陛下がお決めになったことなんだから」

キアラが帰りたいと申し出たわけではない。新国王が人質は不要と判断したのだ。

ルシウスが険しい顔で肩をつかんできた。

「父上に僕がお願いする」

「ダメよ。私もそろそろロォムに戻らないと。私の故郷はあそこなんだもの……」

王宮に来てすでに四年の歳月が流れていた。伯爵家の跡継ぎとして、これ以上長く留守をするわけにはいかない。でないと、このままでは本当に「いらない子」になってしまう。

帰っていいと言われたなら帰るべきだ。たとえ気が進まないとしても。

キアラの事情を知らないわけではないだろうに、ルシウスは悲痛な面持ちで訴えてきた。

「おまえも僕を裏切るのか!?」

「そんな言い方はおかしいわ」

「おまえはここにいるべきだ。僕をずっと支えるべきだ！」

「私はあなたの臣下じゃない」

「こんな場所に僕を置いていくのか」

「シベリウスがいるわ。あなたの双子の兄が」

「シベリウスしかいない！」

キアラの両手をにぎりしめ、ルシウスは必死に懇願してきた。

「行かないで。この通りだ。頼むから！」

キアラは胸が締めつけられる思いだった。彼にこんなことを言わせたいわけではないのに。

「ルシウス、わかって。ダメなものはダメなの」

「わかってたまるか！」

「ルシウスのバカ。お願いだから聞き分けて。最後は笑顔でお別れさせて」

「おまえこそバカだ！　何もわかってない！」

「バカで悪かったわね！　もういい。ルシウスなんて大嫌い!!」

お互い、この先どうなるのか不安で、さみしくて、イライラしていた。自分のことに精一杯で、相手を思いやる気持ちを持てなかった。

引きとめる手を振り切って、キアラは逃げるように帰ってきた。後で知ったが、荷物のいくつかは彼の妨害によって積み込めなかったという。

あの気位の高い王子が、そこまで必死に縋《すが》ってきていた。——今思えば、その時点ですでに、彼はその後の陰惨な展開を予感していたのだろう。

宮廷中から嫌われ、憎まれていたリュドミラは、先王の葬儀の最中にひとり王宮を脱出し、実家へ逃げ込んだ。取り残された双子を守る盾はなくなった。

そのとたん彼らはすさまじい悪意の嵐に見舞われたと、キアラははるか遠いロォムで聞くことになった。

# 第三章

知的にして優雅、そして恐ろしいほど冷徹な王子は、一体どこへ行ってしまったのか。

キアラは大変混乱した。

結婚を果たしたとたん、極寒の冬そのものだったルシウスの態度は、まるで真夏の太陽に熱されたかのように一瞬にして溶けて蒸発してしまった。そして蛸《たこ》のようにキアラに張り付いて離れない。何しろ身体が大きいため、キアラは彼の腕の中にすっぽりと納まってしまう。

絡みついてくる腕を何とかはぎとろうと四苦八苦しながら、キアラは疑問をぶつけた。

「この城に来た時に皆を凍りつかせた、あの冷淡な態度は何だったの？」

「キアラに会えたからって急に態度を軟化させたら、この一か月の努力が水の泡だ。休戦協定を締結するまでは舐められるわけにはいかないから、あえて冷たく振る舞っていたんだ」

「私のこと一瞥もしなかったじゃない！」

「ひと目でもキアラを見たら、冷たい態度なんか取れなくなるから」

「協議の間ずっと消えなかった、あの眉間の皺は？」

「キアラの顔を見たかったけど、見たらその瞬間に相好が崩れるのがわかりきっていたから、必死に見ないよう我慢してた」

「夫」となったルシウスは、それまでが嘘のように朗らかだった。終始笑顔で人目もはばからずキアラを独占しにかかる。

キアラは、王軍との休戦協議の内容や王子と結婚した件を、自分の口で関係者に説明したかったものの、ルシウスがあれこれと口実をつけて邪魔してきたためマグライドに一任しなければならなかったほどだ。

「嘘ばっかり」

「嘘じゃない。一度言葉を交わせば、どれだけ君に会いたかったか、とめどなく語り出しそうだったから必死に自制していた。会議なんかどうでもいいと口走って、君を連れ去ったらさすがにまずいだろう？」

二人掛けのソファに横に並んで座り、キアラの両手を取って、彼はどれだけ真剣にキアラを愛しているか、結婚したかったかを、言葉を尽くして滔々《とうとう》と語った。そして満面の笑顔で、臆面もなく言い放つ。

「それに結婚証明書に署名をする前に僕の本性を見せたら、君は警戒して結婚すると言わなくなるかもしれない。そう思って、全身全霊で猫をかぶっていたんだ」

「猫……」

えらく冷たい猫だった。だがキアラにとっては効率的に責務を遂行する、冷淡で優美で夢のように麗しい猫でもあった。政略以外の何物でもないと言わんばかりの無味乾燥な結婚の提案には、敵であるにもかかわらず心を揺さぶられたほど。

思い返してキアラはしみじみつぶやいた。

「私、猫をかぶったあなたとのほうが、うまくやっていけそう……」

ルシウスは盛大に顔をしかめる。

「いやだね、あんなの。君とこうして話すこともできないじゃないか」

「私はあのくらい距離がほしいわ」

夕食の時にもルシウスはキアラのすぐ隣りに陣取った。食事をする姿を間近から見つめられるのだ。食べにくいことこの上ない。

とうとうキアラはナイフとフォークを置き、ルシウスをきっと見据えた。

「食堂の、この長いテーブルをよく見て」

そう言い、右手でテーブルを指し示す。その気になれば、三十人の晩さん会を開くこともできるテーブルである。

「長いね。上ででんぐり返しが三回できそうだ」

「その長いテーブルを二人で使うのに、どうしてぴったり横にくっついて座らなければならないの？　明日からはせめて向かい合って座りましょう」

　至極良識的な提案は「却下」と軽く退けられる。

「隣りだと身体を傾ければ肩がふれるけど、向かいだと互いに手をのばしてようやく届く距離だ。遠いよ」

「礼節をわきまえた男女には適切な距離だわ」

「新婚の夫婦には遠すぎる」

「夫婦らしく過ごすのは二年後からと取り決めたはずよ」

「もう一度証書をよく読んで。『夫婦らしく』なんて書いていない。『夫婦として』過ごすのはと書いてあるだけだ。つまり子作りをするのは、という意味だ」

　生々しい発言に、ワインを飲んでいたキアラは派手にむせてしまう。ナフキンで口元をぬぐい、今度は別の角度から切り込んだ。

「そもそもあなたは王子でしょう？　王都へ帰らなくてもいいの？」

「王都にはシベリウスがいるし、優秀な臣下もそろっている。他方僕にはロォムの人々と交流して信頼を勝ち取り、中央への反発や敵愾心《てきがいしん》を拭い去るという立派な役目がある」

「そうなの？」

　それは初めて聞く事実だ。国王はロォムを一方的に押さえつけるだけだと思っていたのに。

　思わず訊き返したところ、彼は肩をすくめた。

「後からこじつけた役目だけどね。一番の目的はキアラと結婚すること」

「どうしてそこまで……」

「前からそう決めていた。政争のごたごたがなければ、もっと早くかなえられたんだけど」

「つまりもう帰らないの？　これから二年間、ずっとここに？」

「二年と言わず永遠にここにいるつもりだ」

けろりとそう言い放った後、ルシウスはキアラの手を取り、大切そうにそこに口づけてくる。

「愛しているよ。この八年間ずっと、君だけが心の支えだった。生きる希望だった。離れるなんて考えられない」

「でも……私たち、最後はケンカ別れしてしまったじゃない。だから私てっきり、あなたに嫌われたと思っていたわ」

ルシウスは「帰る必要はない」と言い張り、キアラは「帰らなければならない」と譲らず、二人で恐ろしく醜いケンカをした。結局キアラは故郷へ戻る馬車に乗り、ルシウスとはそれきりになった。

キアラはロォムへ帰った後に謝罪の手紙を書いて送ったが、返事は来なかった。

そう言ったとたん、ルシウスの青灰色《せいかいしょく》の瞳に怒気がひらめく。

「本当に？」

「え、えぇ……」

怒気の激しさに思わずひるむキアラを目にして、彼は息をついた。

「ケンカについては後で反省した。僕も君に謝る手紙を書いた。何通も、くり返し」

「え？　そんなはずないわ。一通も届いてないもの」

「ロォム伯が握りつぶしたんだな」

つぶやきは、ぞっとするほど冷たかった。魂に刃を突き立てるような憎々しげな声音に身がすくむ。が、彼はやがて語調を和らげる。

「君にだけじゃない。内乱が落ち着いてきた昨年から、僕は先代のロォム伯に君と結婚したいと何度も手紙を送ったけど、くそくらえって返事しか来なくて」

「そうだったの……？」

まったくの初耳である。彼の言葉は本当だろうか？　武人肌の父が手紙を握りつぶすような姑息な真似をするかどうか、少々疑問である。何か他の原因があったのではないか。キアラは心のどこかでそう考える。しかしその後、思わぬところからルシウスの言葉の正しさを裏付ける証言が出てきたのだった。

「手紙については本当よ。グラントから聞いたことがあるわ」

そう言ったのはマグライドの娘のフレイアである。

領主の仕事を始めたばかりのキアラを支えるべく、友人兼侍女頭として城にやってきてくれたのだ。子供の頃からよく知る仲で、キアラよりふたつ年上。逃亡したグラントの恋人でもある。

夜、就寝の準備をしていた最中、フレイアは着替えを手伝いながら話した。

「ロォム伯は王子を娘婿にするつもりなどなかったから、手紙をすべて握りつぶしていたし、そのことを口外しないよう周囲に厳命されていたそうよ。グラントもそれに賛成していた」

「どうして？」

「あなたは幼少期の四年間を王都で過ごしたことで、長いこと地元の人たちと距離があったじゃない？」

「あぁ……」

昔を思い出し、キアラはため息をついた。

ロォムはただでさえ閉鎖的な土地である。領内を通り過ぎていく客人は温かくもてなすものの、客人が住みつくとなるとひどく身構える。それは王都での人質役を果たした領主の娘に対しても同じだった。

十歳で帰郷してから五年以上、キアラはよそ者のように扱われていた。幼いうちに王宮へ行った結果、知らないうちにロォムの方言やなまりが消えてしまい、言葉が洗練されていたというのが大きな理由だった。ただ話しているだけでも人を不安にさせていたらしい。

王都で国王に丸め込まれたのではないかと、ずいぶん陰口をたたかれた。

意識して言葉をロォム風に直していき、少しずつそういうこともなくなったが、王宮と距離が近いという事実と異なる印象がいまだに拭いきれていない。

「そんなあなたが王子と手紙のやり取りをするのは、皆にいらぬ疑いを抱かせるようなもの。余計な疑心暗鬼からあなたを守らなければならないって、グラントは話していたわ」

「そう……」

「とはいえ、一言あってしかるべきだったわよね」

フレイアはそう言い、ふわりとキアラを抱きしめてきた。

「グラントを許してちょうだい。彼は時々とてもわからず屋なの」

「そのわからず屋が好きなんでしょう？」

キアラの指摘に、彼女ははにかむようにほほ笑んで言う。

「多分彼は、あなたに友達を無視しなさいって言えなかったのよ」

「ええ、わかるわ。誤解しないで。事実を知りたかっただけ。怒ってはいないから」

グラントは厳しくも優しく、公正な人だ。きっと彼女の言う通りだろう。

「グラントから連絡は？」

「いいえ。何も……」

フレイアはさみしげに首を振った。

ロォムの名家の跡取りとしても、ロォム軍の将としても、彼は地元での人望が厚い。どこかで支援者にかくまわれているのだろう。連絡をよこさないのは、ルシウスと手を取り合わなければならないマグライドの立場を考えてか。

彼女は小さく肩をすくめる。

「グラントのことは心配しないで。きっと安全な場所にいる。大丈夫よ」

キアラはそんな友人を見つめ、心を込めて伝えた。

「少しだけ待っていて。ルシウスといい関係を築いて、なるべく早く王宮とロォムの緊張を緩和させる。叛乱を率いた指揮官への恩赦を引き出してみせる。そうしたらグラントも戻ってこられるわ」

フレイアはうなずく。

「ありがとう」

期待を込めた微笑みには、わずかな不安もまたにじんでいた。


しかしルシウスと「いい関係」を築くのはなかなか容易なことではないと、ほどなくキアラは気づいていった。気づかざるを得なかった。

原因は主にキアラの側にある。「いい関係」以上の関係を築こうとする彼の情熱についていけないのだ。そもそもルシウスは再会して以降、自分の仕事もそっちのけでキアラにつきまとう。常識の範疇《はんちゅう》をはるかに超えて、常に傍にいようとする。これまで一人で行動することの多かったキアラは、どうしてもその猛攻になじめない。

今日も今日とて、ルシウスは朝食の席に顔を見せ、「今日は何をするんだい？」と訊ねてきた。

例によって隣りにぴったりと座る「夫」に、キアラは静かに答える。

「午前中は書類仕事よ」

「それなら僕も、隣りに机を並べて、君の横顔を見ながら自分の書類仕事をしてもいいだろうか？」

「いいわけないでしょ」

領主の仕事には守秘義務があるのだ。誰にでも見せられるわけではない。そう言うと、彼はひとまず引き下がったものの、昼食を一緒にとる件については決して引かなかった。

「残念だけど、今日の昼食にはお客が来る予定なの」

「じゃあ僕も自己紹介がてら同席しなきゃ」

「個人的な話をするから」

「僕と君は夫婦なんだし、もう一心同体のようなものじゃないか」

「込み入った話になるかもしれないし」

「その間、仕事をする君の姿を眺めていられるなら僕の耳には何も入ってこない」

「先方がいやがるわ」

「客って男だろう？　妻が知らない男と秘密の話をするのは、僕がいやだ」

「それが私の仕事よ」

そう言えば、ルシウスはこちらをじっと見つめて「君を尊敬する」と優しく微笑む。だがその目はあきらめていない。おそらく彼は昼食の時間をどこからか探り出し、必ず現れるはずだ。そして当然、王子から同席を求められて拒める人間などいない。

一事が万事この調子であった。キアラはどうしたって振り回されてしまう。そもそも、いついかなる時もキアラと一緒にいたいという言葉が、本当に恋情によるものかどうかもわからない。

(怪しいものだわ……)

国王からロォム伯の職務に対して監視の任を帯びているのではないと、どうして言い切れるのか。

キアラは城の執務室の窓から外を見た。

低い丘陵地帯の向こうにハルス山がそびえている。この城と銀山の中間地点にあり、見晴らしの良さから物見やぐらも建つその山頂に、休戦協定を締結した王軍は大規模な野営のための陣を敷いた。

休戦協定の条件のひとつ——王軍の要塞を建設するためだ。ようはロォムの首根っこをつかみ、二度と叛乱を起こさせまいとしている。

いくらルシウスがキアラに甘い言葉をささやこうと、その事実が消えるわけではない。

キアラは領主としての警戒を胸にハルス山の頂を見つめ続けた。

「それでは、これで失礼します」

何気ない声に振り向けば、作成した書類を仕分けした書記官が、すべてを片付けて執務室の扉を出ていくところだった。

「ありがとう」

その背中に向けて声をかけ、ひと息つく。午前中の仕事が思ったよりも早く終わった。約束した昼食の時間まで、まだだいぶ間がある。

キアラは馬を城の正面にまわすよう言いつけ、外出の身支度をした。髪をまとめ、ケープ型の外套をまとう。ルシウスは午前中、野営をする王軍の様子を見に行くと言っていた。しばらく戻ってこないだろう。

(今のうちに――)

キアラは馬を飛ばし、城から二十分ほどの場所にある街へ向かった。

領主の居城のひざ元にあるヴェルフェンは、山を越える隊商が必ず宿をとる大きな街だ。大通りや広場周辺はもちろん、全体的にレンガ造りで背の高い立派な建物が並んでいる。通りには各地からやってきた商人や役夫が集まり、荷物を多く積んだ幌付きの馬車がひっきりなしに行きかう。

また銀をはじめとする鉱山と共に発展した街らしく、鉄や銅、鉛の加工技術や、金銀の細工でも有名だ。街の中には多くの工房が建ち並んでいる。

キアラは騎馬のまま、活気のある中央広場をぐるりと囲む回廊に向かった。屋根付きの廊下は広く、その一角では大抵、商工会議所の婦人会に名を連ねる女たちが集まり、テーブルと椅子を並べてかしましく茶会をしている。

この街では工房や商家の発言力が大きい。よってキアラは普段から、彼らの家族である女性たちとできる限り交流しているのだ。キアラが顔を見せると、婦人たちは歓迎してくれた。

「まぁ、キアラ様！　よくいらっしゃいました」

「もう伯爵様とお呼びしたほうがいいかしら？」

「私たちのかわいいお嬢様だったのに」

年配の婦人たちに向け、キアラは笑って首を振る。

「やめて、今まで通りでいいわ。変わりはない？」

「叛乱のおかげで、しばらくは店で閑古鳥が鳴いていたわね」

宝飾店の店主の妻が言った。採掘業者の妻が続ける。

「降伏したことに、うちの亭主はカンカンだったわ。でも内心は、戦争に行っていた鉱夫たちが戻ってくるんでホッとしているはず。彼らがいないと仕事にならないもの」

「でも国王は無理難題を押し付けてきているんでしょう？　腹立たしい！」

本当にねぇ、と同調する婦人たちに、キアラは毅然と言った。

「なるべく皆さんの生活に影響が出ないよう取り計らいます。どうか安心してください」

すると今度は、工房の親方の妻が心配そうに口を開く。

「キアラ様、なんだって王子なんかと結婚したんですか？　どうせすぐ王都に帰ってそれっきりになるのが目に見えてますのに」

「本当に。よりにもよって会ってすぐに結婚を迫るなんて、あまりにもバカにしてるわ」

「そうそう。ロォム伯を何だと思ってるのか」

「待って。それはちがうの――」

彼女たちの誤解を解こうと口をはさみかけた時、別のところから「キアラ様」と声が聞こえた。

「オデット？」

回廊に面した宝飾店の店主の娘である。キアラと同じ歳で、小さい頃は一緒に遊んだこともある。今は父親の店の看板娘として売り子をしていた。

やり手のオデットは、キアラを始めとするお得意様が集まっていることに気づき、営業の機会と捉えたようだ。美しいビロウド張りの小さな箱をいくつも抱え、にこにこと近づいてくる。

「皆さま、こちら当店いちおしの新作でございます。ぜひご覧になってください」

そう言ってテーブルの上に箱を置き、次々と開けていく。たちまち女たちの歓声が上がった。

どれも手の込んだ作品ばかり。キアラはその中でも、深紅のビロウド張りの箱の中身に目をとめた。

「この首飾り、とても素敵ね」

糸のように細い金の輪を複雑に組み合わせ、大小の花を描いた繊細な細工である。華美ではない、可憐《かれん》な意匠に心が引かれた。顔まわりが華やかになりそうだ。が、値段も相当のものと想像がつく。

キアラは少し考えた。領主の仕事を継いだばかりの身で、早々にそういった出費をするのはいかがなものか。ロォム伯として体面を守るのに必要なだけの装飾品はすでに所持している。

(残念だけど今回は見送りましょう……)

そう結論をつけ、口を開きかけた時、通りから野次が飛んできた。

「さすが女伯爵だな」

「国王に領地を売って、王子に身を売って、まず真っ先に向かうのは宝飾店か！」

気づけば周囲に街の男たちが集まっていた。キアラを見る顔はどれも厳しい。汚いものでも見るような眼を向けてくる。

「そんな言い方はないでしょう!?」

思わず反論した婦人を手で制し、キアラは背筋を正して立ち上がる。

「今言ったのは誰？」

周囲の男たちは皆、暗い眼差しでこちらを見つめてくる。

「咎めるわけではないわ。話がしたいの」

「…………」

それでも男たちは黙ったまま、軽蔑の表情を隠さない。

（私はまちがっていない。国王に領地を差し出して、王子に身を売って、それでも――）

ともすればひるみそうになる自分を励まし、キアラはまっすぐに周囲を見まわした。

「今回の叛乱の結果に言いたいことがある者も多いでしょう。それでも――私は、抵抗をやめて国王に忠誠を誓うことで、ロォム軍へのさらなる攻撃を防ぎました。兵士をむざむざ死なせない道を選んだのです。その選択が間違いだったとは思いません。少しだけ時間をください。中央と手を組むことで、この地に平和と繁栄をもたらします。きっとみんなに理解してもらえる結果にしてみせますから――」

キアラが堂々と反論したことが予想外だったのか、男たちの中から罵声が飛ぶ。

「ロォムの誇りはどこへやった！」

「独立不羈がこの地の伝統だった！」

「勝ち目がなくても突撃するのが、あなた達の言う誇りなのですか？」

問いに、男たちが色めき立つ。キアラはひるまず続けた。

「私はロォムで生まれてロォムで育ちました。誰よりもこの地を愛する人間の一人です。このロォムで、家族の命と財産を守る以外の理由で血を流すことは、領主である私が絶対に許しません！」

厳しく言い放った時、パンパンパン、と拍手が響いた。音のしたほうを見れば、騎馬のルシウスが背後に親衛隊を引き連れて現れる。

作り物めいた美しい顔は恐ろしいほどの無表情。怒っているのだろうか。深く陰る青灰《せいかい》色《しょく》の瞳が、そこに集う男たちを冷ややかに一瞥しただけで、彼らは顔色を失って立ち尽くす。

馬上から広場を見渡し、ルシウスはつぶやいた。

「活気のある広場だ。略奪を免れたのは幸いだったな」

静かに淡々と語る口ぶりには冗談の色がない。後ろにいたユーゼフがすかさず返した。

「は。降伏の申し入れがあれより遅ければ、手間をかけられた分、苛立った将兵はこの街へなだれ込み目を覆う惨状になったでしょう。そうならずにすんだのは双方にとって幸運でした」

事務的な返答を耳にして、ヴェルフェンの市民たちは薄寒そうな面持ちで周囲を見まわす。広場に面した回廊には、宝飾品、工芸品、美麗な装飾を施した日用品といった、街の顔となる細工物を扱う商店がずらりと並んでいる。

ルシウスはゆったりと馬から下り、キアラの前に立った。そこで初めて、フッと微笑みを浮かべる。

「冷静に戦況を見極め、たとえ自らが汚名を被ろうと民を守る道を選んだ——高潔にして聡明な女性を妻に迎えられて私は幸せだ」

そう言うと、彼はキアラの手を取り、その甲に恭しく口づけた。

「迎えに来たよ。帰ろう」

その姿は、まずまず見慣れてきたキアラの目から見ても完璧な王子様っぷりである。まして初めて目にする女たちには刺激が強すぎたようだ。ご婦人方はため息をつき、まるで魂が抜かれたような面持ちで見とれている。外見は大事だ。

「キアラ様。そ、その方が噂の……？」

誰かが上ずった声で言う。キアラは彼女達に向けてうなずいた。意識してルシウスの手をにぎり、傍らにぴたりと寄り添う。

「紹介するわ。彼はルシウス王子。私の幼なじみなのよ。昔、王都にいた頃に世話になっていて」

「まぁ！　初対面じゃなかったんですね」

「でもキアラ様、男は顔じゃありませんよ。騙されていないといいんだけど……」

「そうですよ。その方が国王の手先ということをお忘れなく」

婦人たちはルシウスがそこにいるにもかかわらず、ずけずけと言う。だが彼はまったく意に介さない様子で、キアラの腰に手をまわしてきた。

「いいえ。もし国王とキアラが同時に崖から落ちそうになっていたなら、僕は躊躇なく彼女を助けるでしょう」

「ま、まぁルシウスったら……」

ホホホ……と笑いながら、キアラはこっそり彼をにらんだ。例えが過激すぎる。

彼はいたずらっぽい眼差しでそれに応えてから、取りすました優等生の微笑みを婦人たちに向けた。

「僕は子供の頃からキアラに惹かれていました。彼女の苦難に際して、少しでも力になれればと結婚を申し込んだのです。どうか温かい目で見守ってください」

「そういうわけで皆さん、心配は無用です」

キアラも言い添える。

「あら、そうだったの……」

仲睦まじい（ふりをする）二人を前にして、婦人たちが目を見交わす。

当初想像していたように、「王子が権柄尽《けんぺいず》くでキアラを物にした」わけではないと気づき、ルシウスに向けていた警戒が少しだけ和らいだようだ。

周りを囲んでいた男たちの険しい敵意も多少は落ち着いてくる。その隙を逃さず、ルシウスはキアラを連れて自分の馬に戻った。

「私は、自分の馬に……」

回廊の柱のひとつにつないだ自分の馬を振り向くも、彼はこっそりささやいてくる。

「ここは君と僕の蜜月ぶりを見せつけて、領民たちを安心させるべき場面だ。ちがうかい？」

「う……」

確かに。こちらを見守る人々に、キアラは昔からよく知る友人と結婚したのであり、相手である王子はキアラを大切にしていると示せば、その話は領内に広まり、叛乱の失敗と、降ってわいた領主の政略結婚に動揺していた人心を宥めることになるにちがいない。「キアラが領地を売った」云々の陰口は続くかもしれないが、それは今後「王宮と手を組んで領地を富ませる道を選んだ」に変えていけるよう、頑張るしかない。

観念したキアラを、ルシウスはひょいと抱き上げるようにして鞍上に押し上げる。そして自分もその後ろにまたがった。手綱を握る彼に抱きかかえられる形で、馬が歩き始める。そんな姿を皆にじっと見つめられ、キアラの頬は真っ赤に染まった。

ルシウスは街を出ると手綱を振るい、馬を走らせた。親衛隊もついてくる。キアラはあくまで自力で座るべく鞍をつかみ、必死に揺れに抗う。ルシウスが笑み交じりに言った。

「その体勢じゃ疲れるだろう？　寄りかかればいいのに」

「お気遣いなく！」

そんなことをすれば全身が密着することになる。が、しばらくして山道に入ると、次第に道が平坦ではなくなってくる。キアラはそれでも危なっかしく鞍にしがみついていたが、橋のない小川を飛び越えなければならない場所まで来たところで、ルシウスは真面目な顔になった。

「頼む。あの場を何とか丸く収めた功を認めて、僕につかまって。その方が安全だから」

「……確かに、そのほうが安心ね」

自分に言い聞かせるようにつぶやいて、キアラは彼の胴に両腕をまわす。たくましい身体を、両腕に余すことなく感じてしまい、心臓がドクドクと大きな音をたてる。熱いのが自分の顔なのか、それとも彼の体温なのかわからない。こめかみで脈が鳴った。

「よし、行け！」

轡《くつわ》を入れられた馬が大きく跳躍する。小川を越えた後、馬はさらに二度、三度と大きく跳ねた。キアラは振り落とされないよう、さらに強い力でしがみつく。

「何をやっているの!?」

手綱を引いて馬を落ち着かせながら、ルシウスは声を立てて笑った。

「わからない。ずいぶんはしゃいでいるようだ。僕の気持ちが伝わってしまったのかな」

頬を押し付けた胸から笑い声が響いてくる。落とさないようにというのか、ルシウスは片方の腕でキアラを抱きしめてきた。

（――――……!?）

心の中で悲鳴を上げる。押し付けた胸から鼓動が伝わってしまいそうだ。

キアラは彼を振り仰いだ。

「早く帰らないと、昼食のお客さんを待たせてしまうわ」

厳しい顔で、毅然と言ったつもりである。が、みっともないほど顔が真っ赤になっているのが自分でもわかる。ルシウスは目を細めて見下ろしてきた。

「かしこまりました。領主様」

山のふもとにあるヴェルフェンから、中腹にある辺境伯の城まで戻る間、山道の脇には教会や小さな村落がぽつぽつと点在している。

見晴らしのいい場所まで来たところで馬を停めてもらい、キアラは彼方に見える大小の山の連なりを手で指した。

「ロォムは大部分が山地だから、農家もあるにはあるけど、規模はかなり小さいわ。自給自足がせいぜいで輸出するような余裕はないわね。代わりに盛んなのは酪農で、これは説明の必要はないと思うけど――」

ルシウスはうなずいた。

「ロォムの乳製品は外国でも有名なくらいだからね。チーズは王都でも大人気だ。ブドウの栽培は？」

「やってみたいとは思うけど、栽培に適した土地がないから」

「開墾すればやれると思うよ」

「でもブドウの栽培って、温暖な平地でやるものでしょう？」

ロォムの平地は温暖ではない上、すでに農家が隙間なく畑を作っている。

彼は「そうとも限らない」と得意げに返してきた。

「最近、北部の山中で栽培を成功させた報告が増えてきているんだ。やり方次第じゃないかな」

「本当?」

ブドウが栽培できればワインを作れる。ワインを量産できれば新たな産物になる可能性が。キアラの胸が期待にふくらむ。

「山地でのブドウの栽培とワイン造りに通じた修道士を知っている。例えばだけど、土地を用意できるなら、そこを修道院に寄付する形で彼を呼ぶことは可能だと思う」

「ぜひお願いしたいわ!」

目を輝かせて振り仰ぎ、ハッとする。そこにはひどく嬉しそうにほほ笑むルシウスがいた。

「夢のようだ」

「え?」

「君の故郷を――君を育てた土地を見てみたいとずっと思っていた。そこを、こうして妻となった君と並んで眺められるなんて」

まっすぐ見つめてくる視線に耐えられず、キアラはついと顔を背ける。

「あくまで書類上のね」

「照れているキアラはかわいい。ずっと見ていられる」

「私の故郷を見たかったんでしょう? 景色を見なさいよ」

「あ、まちがえた。照れているキアラもかわいい。いつも凛としている君が、ちょっと怒った顔をしてうっすら頬を染めているのが最高にかわいくてキスしたくなる」

「ここでやったら即離婚よ」

頬を膨らませて言うと、彼はすました顔で肩をすくめた。

「あいにく離婚は絶対にできない条件になっている。そこは抜かりない」

「誇らしげに言うのやめて。腹が立つから」

憎まれ口を返したというのに、ルシウスの顔はますます輝いた。

「何？」

「可愛すぎて理性が飛びそうだ。ちょっと悔しそうな君の視線、君の声、君の言葉、すべてが僕を幸せにする」

「何を言っているの……？」

「心から愛してるってこと」

「――……っ」

不意打ちで直球の言葉を受け、キアラは顔中をリンゴのように赤くして言葉を失う。口をぱくぱくさせていると、ルシウスはとんでもないことを言い出した。

「人目のあるところでは君の言うことを聞くって約束する。その代わり、人目のないところでは僕の言うことを聞くって約束してくれる？」

「い、いやよ。どうしてそんな約束をしなきゃならないの？」

「人目のあるところで、僕が夫らしく振る舞ってもいいなら約束しなくてもいいけど」

キアラは周囲を見る。ルシウスの親衛隊は少し離れたところにいる。皆、こちらを見ないようにしているようだ。だが視界には入っているだろう。音も聞こえるだろうし。こんなところでイチャイチャしてなるものか。

　キッと相手を見据える。

「脅迫するつもり?」

「ずっと想ってきた人と八年ぶりに会えたんだ。おまけに結婚もできた。僕は今、君を抱きしめて日がな一日イチャイチャしたい。でも君には君の仕事や立場があるだろうから我慢している」

　呆れたことを、彼は胸を張って堂々と言った。

「大げさね」

「ちっとも大げさじゃない。真実だ」

「あなたは王子様でしょう?　おまけにその見た目。王宮では美しい女性がより取り見取りのはずよ。私みたいな田舎娘を想い続けるはずないわ」

「今、やきもちやいてくれた?」

　彼が期待に目を輝かせる。キアラはあわてて首を振った。

「そ、そうじゃなくて、現実的な考えを言ったまでよ……っ」

「ひとつだけ誤解があるようだけど、君は僕にとって世界で唯一の特別な存在だ。王宮で多くの女性に囲まれていても、僕は君に会いたくてしかたがなかった。八年間、ずっとね」

「――……」

息をするようにすらすらと大仰な口説き文句を並べられ、二の句が継げなくなる。「口説き文句？　いいや、どれも心からの本音ですよ？」と言わんばかりの、まっすぐな眼差しに頬が染まる。

再会した時は氷のように冷たいと感じた青灰の瞳が、今は甘い熱を湛《たた》えていた。本当にうれしそうだ。それが真実であればいいのにと思ってしまう。

キアラは自分の頬を手の甲で押さえる。熱い。ふいにその手を取られた。手をにぎられ、じっと見つめられ、魔法にかかったみたいに身動きが取れなくなる。

ぼんやりしているうちに、麗しい顔が少しずつ近づいてくる――。

そこでハッと我に返った。あわてて相手の口を、自分の手のひらで押さえて押し戻す。

「いっ、今は人目があるわよ……!?」

みっともなく上ずった声で言うと、彼は露骨につまらなそうにくちびるを尖らせた。

「彼らは人目のうちに入らないよ。見るなと言ってあるし、よしんばうっかり見てしまったとしても、忘れろと言えば忘れるから」

「どういう人たちよ」

「じゃあこうしよう。修道士の件、うまくまとめることができたらご褒美をくれる？」

甘く見つめられ、またしても心臓が早鐘を打つ。

「ご褒美って……？」

「答えを知ってる顔だ」

真っ赤に染まった頬をつつかれる。たった今キスしかけたことを思い出し、ますます赤くなる。

その時、山裾にある教会の鐘がいっせいに鳴り始めた。正午だ。

キアラは意志の力をかき集め、何とか自分を立て直して毅然と言う。

「お昼だわ。早く戻らないと」

ルシウスは残念そうに、けれど大人しく手綱を振るった。馬が駆け出す。

キアラはホッとする気持ちで彼につかまる。しかし心臓はいつまでも高く波打ったまま、鐘が鳴らなかったらどうなっていたかと、考えてしまう気持ちもどこかにあった。


「流されてはダメよ！」

その日の夜、急にそう叫んだキアラに、フレイアが目を丸くする。

「どうしたの？」

就寝前に二人でくつろいでいたところである。彼女は寝間着の上にガウンを羽織り、テーブルの上でカード占いをしている。キアラも同じ恰好《かっこう》で、それをぼんやりと眺めていた。のだが。

「いいえ、ちょっと……。自分に言い聞かせたの……」

直前まで、今日の山道でのルシウスとのやり取りを思い返していたとは言えず、ゴホン、と咳払《せきばら》いをする。フレイアはちょっと首をかしげてから、カード占いを再開した。ルシウスとキアラの相性を、遊び半分に占っているのだ。

「片方が盲目的な愛、片方は理性的な奥手と出たわ。当たってる？」

「彼の言う愛が本物かどうかは疑わしいわ。大げさすぎて芝居めいているし」

「でも、相性は最高みたいよ」

「政略結婚に相性は必要ないの」

そう。甘い雰囲気に流されてはいけない。なしくずし的にルシウスと恋人としての仲が進展しつつある状況で、キアラは自分の警戒心が薄れていることに気づき、危機感を持った。

王軍が占拠したハルス山の頂は、ロォムの銀山ともこの領主の城とも近い。王軍はそこに辺境には不似合いなほど頑健な要塞を築こうとしている。役夫として駆り出された領民の男たちから、そう報告が入ってきている。

「そこに兵を駐留させて、もしまた叛乱が起きたら、一気に潰しにかかるつもりでしょう。言ってしまえばロォムはこの先ずっと、獅子身中の虫を抱え続けることになる」

「そうね。父も同じように言っていたわ」

「つまりルシウスにとっても、この結婚はあくまで政略なのよ。ロォムでの様々な工作をやりやすくするため、私とはいい関係を築いていたほうが都合がいいというだけ。そうでしょう？」

「たしかに……。ルシウス王子は、キアラの前では優しそうに見えるけれど、その他の人――特に王軍への投降を批判する人や、王族の婿入りに反対する人には、ものすごーく冷たくて意地悪だそうよ。報告を聞いた父は『やはり恐ろしい人だ』って言っていたわ」

「そう……」

「まぁ、部下である王軍の兵士たちに対しても冷淡だというから、元々そういう人柄なのかもしれないけれど」

「――……」

フレイアの言う通りなら、やはり彼は意識してキアラにだけいい顔を見せている。懐柔して意のままに操るため、色仕掛けをしてきている可能性が高い。あの大仰な口説き文句の大部分が政略計略戦略によるものなのだ！

（そんなの、考えるまでもなく当たり前のことなのに……）

どうもルシウスの傍にいると、自分は判断力が大いに鈍ってしまう。彼の言葉や眼差しに心を震わされ、いいように惑わされてしまう。

何かというと触れてこようとする手も、過剰な口説き文句も、おそらく宮廷風の籠絡《ろうらく》の手管《てくだ》にちがいない。キアラを手の内に取り込み、領主の立場を利用してロォムの人々をも取り込むことができれば、武力に頼らずともロォムを完全に支配下に置くことが可能になるのだから。

だがキアラには異性と触れ合った経験がほとんどない。彼の色めいた罠《わな》にはとても太刀打ちできない。

直面している現実をひとつひとつ突き付け、このところ少々浮ついている自分の気持ちをきりりと引き締める。

「どうすればいいのかしら」

独り言めいたつぶやきを受け、フレイアが「そうねぇ……」とカードをめくる。そして現れたカードをつまんで掲げた。

「取り決めを交わすのがいいそうよ」

⚜

翌日の午後、キアラは領主の執務室にルシウスを呼び出した。使者に託したのは「いつでもいいから手の空いた時に来てほしい」という伝言だったはずだが、彼は恐ろしく素早くやってくる。

「君に呼ばれるのなんて初めてだから、嬉しくて飛んできてしまった。これ、プレゼント」

晴れやかにして幸せそうな笑顔で言い、ルシウスは手にしていた深紅のビロウド張りの箱を差し出してきた。オデットの店の箱によく似ている。

（まさかね……）

美しい首飾りを思い出しながら受け取り、期待にドキドキしながら開ける――と、そこには何枚か重ねて折りたたまれた羊皮紙が恭しく置かれていた。

「え……？」

開いてみると、各地の城だの、由緒ある宝石類だの、歴史に名を残す絵画だのの一覧である。内容を流し見てキアラは首を傾げた。

「これは何？」

「僕の財産目録。いちおう渡しておいたほうがいいかと思って。僕の持っているものはすべて君のものだから」

にこやかな返事を受けてますます首をひねる。

国を傾けそうな財産だということはわかる。一体何のつもりか。何かの罠だろうか？

（私が所有するロォム領内の不動産を、なしくずし的に夫婦の共有財産にしようと考えている……？）

疑念を胸に、キアラは慎重に羊皮紙の束を折りたたんだ。

「とても言いにくいけど、私の城や屋敷はどれも私以外の人のものにはならないわ」

ルシウスは、青灰色《せいかいしょく》の目を実に楽しそうに輝かせて答える。

「別にそれでかまわないよ。その目録は要するに、君が僕の財産に目をくらませてくれないかなって期待しただけだから」

「……………」

何かの冗談だろうか？　釈然としないまま返す。

「残念だけど、私をお金で動かすことはできないわよ」

「さすがキアラだ」

歌うように言った彼は、そこで芝居がかった仕草で、懐からもうひとつの箱を取り出した。

「でも信奉者からのささやかな貢ぎ物は受け取ってくれるね？」

「…………っ」

開いて差し出された箱の中には、意匠を凝らした繊細な花々を描く金細工が輝いている。まさに昨日あきらめた、オデットの店の首飾りである。

美しい首飾りに見とれるキアラを満足そうに見つめ、ルシウスはイタズラに成功した子供のように、うれしそうにほほ笑んだ。

「プレゼントの本命はこっち」

キアラはといえば、あまりにも意表を衝かれて見入ってしまう。やはりきれいだ――。

ルシウスは首飾りを手に取り、小さく首を傾げた。

「つけてみてくれる？」

「……ええ」

彼はキアラの背後にまわると、結いあげた髪にはさわらず、繊細な手つきで首飾りをつけてくれた。最後に、鎖を整えるため少しだけ首筋にふれてきた指にドキリとする。前にまわってから、じっとこちらを見つめる優しい眼差しにも。

「うん。よく似合う」

キアラは引き出しから手鏡を出して自分を映してみた。首元で光をはじく可憐な金の首飾りは、思った通り華やかでありながら上品だ。感嘆の息をつく。

「ありがとう……」

しかし次の瞬間、彼をここに呼び出した目的を思い出し、咳ばらいをした。意識して表情を改める。

キアラは組んだ両手を執務机の上に置き、自分を奮い立たせるように切り出した。

「取り決めを交わしましょう！」

「取り決め？」

「結婚証明書に署名しただけの私たちが、これからの二年の間にやっていいことと、受け入れられないことについて、きちんと事前に話し合いましょう」

大真面目な提案に、彼は「なるほど」と軽く返してくる。

「まずはこれを見て」

キアラは一枚の書類と筆記具をテーブルに置いた。

書類は「二年の間は白い結婚に徹する」という宣誓書。つまり婚前交渉は決して行わない宣言である。その後ろに「約束を破ったら結婚証明書への署名を無効にする」とも書かれている。

「これに署名できる？」

キアラの問いに、ルシウスはニヤリとした。

署名をすれば、彼は二年の間、「夫」の立場を笠《かさ》に着てキアラに夫婦関係を強要することができなくなる。署名を拒否すれば、結婚の際の約束を反故にするつもりだと、自ら公表するようなもの。

さぁどうだ。挑戦的に見守るキアラの前で、彼はあっさりとうなずく。

「わかった」

そして用意された羽根ペンを手に取り、さらさらと署名した。

「婚前交渉は決してしない。君の名誉を尊重し、必ず守ると誓うよ」

「そう……」

キアラはひとまず胸をなでおろす。彼は、ブロッターでインクを乾かしながら、いたずらめかした笑みを浮かべた。

「でもその前までは進んでしまうかも」

（その前……？）

抱擁やキスのことだろうか。やや動揺するも、キアラは努めて何でもない顔を保つ。

「じっ、時間をかけて関係を築き、恋人同士になった後なら受け入れます」

「信頼、そして恋愛関係を築くためには、まず触れ合わなくちゃ」

「え――」

そういうものなのだろうか、と思っている間に、ルシウスはゆっくりと近づいてきて、椅子に座ったままのキアラを優しく抱擁してきた。

そして蕩《とろ》けるように甘い声でささやく。

「でも一人で勝手に進めるのは良くないね。だから教えてほしいんだけど、ここへのキスはあり？」

「え？」

頬にくちびるがそっと触れてくる。それだけでキアラの頬は見事な朱色に染まった。気づいているだろうに、彼は間近から見つめたまま、次はこめかみに口づけてくる。さらに耳に、首にと移動していくくちびるの柔らかさ、温かさ、くすぐったい感触に、キアラは息をつめてじっと耐えた。我慢。我慢である。ひどく恥ずかしいけれど、恥ずかしいと感じていることを悟られたくないという、謎の自意識によって、動じていないふうを装う。

「べ、べつにかまわないわ……」

「ここも平気？」

顎にキスをされ、そこに吐息を感じる。キアラは「平気よ」と声が震えているのが伝わらないよう、短く返す。と、ルシウスはすばやく動いた。

「じゃあここは？」

くちびるに吐息がふれた。と思った時には、くちびるが重ねられてくる。花弁が触れたのかと思うほど軽い、けれどしっとりとした感触を確かに感じた。くちびるにキスをしたのだ。

動揺のあまり麻痺《まひ》していた頭で、ややあってその事実に思い至り、力いっぱい相手を突き飛ばす。

「不潔よ!!」

キアラの大きな声が城中に響き渡る。続いてルシウスの笑い声が響き、城の者は何となく事情を察したのだった。

⚜

瞳をうるませ、顔を真っ赤にして強がるキアラはあまりにも可愛らしく、同時に色っぽく、理性を根こそぎ奪われそうになった。彼女の無垢《むく》を自分の手で守りたい思いと、今すぐ汚してやりたい凶暴な思いが交錯する。どちらも混じりけのない激しい本音である。だが何とか前者が勝り、事なきを得た。

二年間待つくらい、どうということはない。まったく会えずに八年も過ごしたことを考えれば、傍にいられるだけで夢のようだ。

(生身のキアラはかわいい。まぶしい)

とめどなくあふれ出す愛しさに、ルシウスの胸ははちきれんばかり。

会えずにいた間も毎日のように夢に見ていたと知ったら、彼女はどんな顔をするだろう？

ルシウスは薄笑みを浮かべた。万が一彼女に見られでもしたら、とたんに逃げられかねない獰猛《どうもう》な笑みである。

ただただ苦しみの続いた暗い八年間、彼女の存在だけが支えだった。いつかまた会いたい。その一念で生き延びたといっても過言ではない。だが再会には多大な慎重さが求められた。

何しろキアラは、国王に反抗的な土地の支配者一族の生まれである。

ロォムが叛乱を起こそうが独立しようが、ルシウス個人にとっては心底どうでもいい。ルシウスがロォムまでやってきた理由はただひとつ。キアラと結婚するためだ。

(僕はキアラと幸せになる。それを邪魔しない限り好きにすればいい)

それが何よりの本音だった。

しかし現実にはそうも言っていられない。王子である自分がキアラに結婚を迫るには、叛乱の討伐を見合わせるという口実が必要であり、軍を率いて出たからには、成果をもたらさなければ王都にいるシベリウスが黙っていない。最悪、任務失敗などと難癖をつけて強制的に呼び戻されかねない。

よって休戦交渉までは、どうしてもやり抜く必要があった。

またキアラだって、八年も会っていなかった男にいきなりがっつかれたら、怖がって逃げてしまうかもしれない。

(逃がすつもりはなかったけど)

それはそれとして、前向きに結婚を受け入れてもらうに越したことはない。

よってキアラと再会した時には、我ながら必死さのあまり殺気立っていたと思う。

また己の精神力を総動員して彼女のほうを見ないよう努力した。近くで目にすれば、その瞬間にプロポーズしてしまいかねない。また感動のあまり理性が行方不明になれば、彼女を誘拐して王都に連行しかねない。そんなことをして彼女に嫌われたら一生立ち直れない。

そもそも会議に臨む前、休戦交渉を一日で終わらせるよう部下に厳命した時には、優秀にして忠実な側近ユーゼフでさえ「は？」と声をもらし、「この主人何とんちきなことを言い出すんだ？」という目を向けてきた。

焦ってはならない。結婚証明書に署名するまでは慎重に慎重を期す必要がある。

はやる気持ちを抑えつけ、会議の席ではさも冷静さを保っているかのように振る舞った。

だがそんなのは演技もいいところ。本当はずっとそわそわしていた。椅子を蹴倒してキアラに駆け寄り、周りの人間を会議室から追い出して彼女と二人きりになる夢想ばかりしていた。

ようやく結婚の話を持ち出した時には、心臓が喉から飛び出しそうなほど緊張した。頼むから承諾してほしい。その一心だった。「条件をつけたい」と言い出された時は、是が非でも説得しようと百も二百も理論武装をしたし、婚約云々と言われた時には彼女の真意がわからず途方に暮れた。

二年とは何の時間稼ぎか――。最初は警戒したものの、『破棄などしません！』と胸に手を当てて力強く言い切る姿が、自分がよく知る八年前の彼女と重なり、震えるほどの懐かしさを覚えた。

同時に愛しさがあふれた。彼女が欲しくて欲しくてたまらない。改めてそう感じ、一秒でも早く結婚証明書への署名をすませたかった。

神が結びつけた唯一の伴侶として、人の世の法律では引き裂けない絆で結ばれたかった。

（そうすれば、いついかなる時も傍にいる理由になる――）

会えない時間が長すぎた。もう二度と彼女が自分から離れていかないよう、離れたとしても追いかけていけるよう、確かなつながりがほしい。

そう思いながら見つめ、彼女が署名を終えた時の安堵は、きっと一生忘れない。

八年ぶりに見る彼女は、以前にも増して輝いていた。ルシウスの目には、大げさでなくこの世の誰よりも美しく見えた。なのに人柄は、八年前と変わらずまじめで、まっすぐで、かわいい。

笑っていても、考え事をしていても、立っていても座っていてもかわいい。キスをされるのではないかと警戒しつつ照れる顔など、かわいすぎて脳みそが溶けそうになる。

どんな彼女も目に焼き付けたい。もっと声を聴きたい。抱きしめて存在を感じたい。

「愛しているよ」

自然に湧きあがった言葉を口にすれば、彼女は少し困惑したように頬を赤らめる。かまわない。少しずつ受け入れてくれればいい。どうせ二年は手が出せないのだから、その間に気持ちをしっかり伝えよう。

腕の中にいるキアラを見下ろして、ようやく取り戻した幸せを噛みしめる。

八年前、キアラは怒って去っていった。

『ルシウスなんて大嫌い!!』

声は今も胸に刺さる。怒らせたのは自分だ。彼女が自分から離れていく事実を受け入れられず、焦燥と怒りをぶつけてしまった。おまけに彼女が帰るのを何としても阻止しようと、荷物を没収までした。愚かで幼稚だった。

それでも消えた彼女を思い、没収した衣類を抱きしめて泣き続けた。

(不思議だ――)

昔からずっと不思議だった。双子の兄を別として、ルシウスはキアラ以外の他人に対して特別な感情を持ったことがない。好意も、怒りも、期待も失望も彼女に対してのみ覚える感情だった。

彼女に出会う前、使用人を鞭打つこともあったが、それも単に退屈していたからであり、怒りゆえではなかった。自分にとって兄以外の人間は、動いてしゃべる人形のようなものだった。決して自分たちと目を合わせようとせず、ただ丁重に世話をして距離を取るだけの者たち。教師たちにしても、ルシウスが勉強したくないと言うだけで、潮が引くように退室していった。関係など築きようがなかった。

祖父と母親は、兄と自分にあらゆるものを与えてくれたが、それは双子が、彼らにとって都合のいい未来をもたらす存在だからこそ。祖父が愛するのは「不仲な息子を廃する道具となる王子」であり、母は双子がいずれ国母として絶大な権力をもたらす存在ゆえに溺愛した。

幼い頃は理解していなかったが、そんな環境で育った兄と自分は、およそ他人への関心も感情も持たない子供だった。それは今も変わらない。自分にとって他人とは、基本的に使うものでしかない。

キアラだけだ。血肉を持った人間として自分に向き合い、金や権力では手に入れようのないものを大量にもたらしてくれたのは。そして裸の王様のような無能な王子に育つ運命から救ってくれた。

(生き残れたのは君のおかげだ、キアラ。何度感謝しても足りない――)

ルシウスとシベリウスの母リュドミラは、国で一番の領地を有するケグシャー公爵の人娘。十七歳で初めて宮廷にやってくるや、瞬く間に当時の国王――双子の祖父の心を捕らえた。公爵の口車に乗せられた国王は、妻と死別したばかりだった息子とリュドミラを政略結婚の名目で結婚させた。そして王太子妃となったリュドミラを公然と傍に置いたのである。

老いらくの恋に溺れた国王はリュドミラの言いなりになり、公爵に都合の良い政治を行うばかり。やがて彼女が双子の男の子を生むと、国王たっての意向により、双子が王太子の後継者に指名された。王太子には前妻との間に息子が二人いたにもかかわらず、だ。

そもそも宮廷の人間は誰一人、双子が王太子の息子とは信じていなかった。だが誰も口にすることはできなかった。ケグシャー公爵の権力は当時それほどまでに強まっていた。

それこそが双子が宮廷の人間に嫌われ、かつ異様なほど甘やかされていた事の真相である。

そんな爛《ただ》れて倦《う》んだ日常に、キアラは飛び込んできた。

意味もなく鞭をふるったシベリウスから鞭を取り上げ、みんな心の中では双子をバカにしているのだと告げてきた。あの時の衝撃ときたら。

彼女に鞭打たれた胸がたとえようもなく痺《しび》れた。痛みを感じるはずにもかかわらず、なぜか甘美に痺れたのだ。

シベリウスはさほど感銘を受けなかったようだ。というより、兄はルシウスが自分から離れてキアラの元へ行くのがおもしろくない様子だった。

しかしルシウスにとって、せまく閉ざされた世界に風穴を開けた彼女が、たった一人の特別な人間になるのに時間はかからなかった。

彼女と話をするため授業に顔を出し、彼女を怒らせたくないため使用人をいじめるのをやめ、彼女に尊敬されたくて勉強と鍛錬に励み——そうするうちに色々なものが見えてきた。

父と信じていた人が父ではなかったこと。それどころか自分たちの敵であること。宮廷の中に味方が極めて少ないこと。政敵はもちろん、最大の後見人であるはずの公爵ですら、双子が知恵をつけるのを望んでいないこと。双子はただ駒であることを求められていた。何のことはない。双子にとって他人が道具であるのと同じように、他人にとっても双子は便利な人形でしかなかったのだ。

ルシウスが十三の時、歪でありながらも幸せだった日々は、祖父の急死とともに跡形もなく崩壊した。

リュドミラとの密会の最中に腹上死したのだ。

身の危険を察知したリュドミラは、葬儀が終わる前に単身王宮を脱出し、実家の城に逃げ込んだ。新たな国王となった「父親」は自分の本当の息子を王太子に据え、ケグシャー公爵の勢力を宮廷から一掃しにかかった。

そして敵地に取り残された双子には、父親による、思い出すのもおぞましい報復が待っていた。国王に気に入られ、信頼を受けるための生贄《いけにえ》として、宮廷中の人間がこぞって双子を虐げてきた。もちろん国王はそのようなことを言葉にして命じたりはしない。だが口にしない王の希望を敏感に察し、代わりに実行するのが宮廷貴族のたしなみである。そのやり方がより斬新で、より残酷であるほど、国王は相手を高く評価した。

生ける地獄は実に五年近く続いた。だがその頃には双子も十八になっていた。

国王の唯一の失敗は、加虐を優先し、双子を殺さなかったことだ。

双子は入念に計画を立て、王宮を脱出し、国王と対立する貴族の城に逃げ込んだ。そして彼らの旗頭となり、共にのろしを上げたのである。

シベリウスと相談して決めたのだ。国王の二人の息子と、頼りとする貴族たち——双子を娯楽として虐待した者たちを、全員可能な限り苦しめて殺してやろう、と。そして実際その通りにした。

再び宮廷に戻った時、双子をあざ笑う者は一人もいなかった。宮廷の人々は稲穂のように双子に頭を垂れてきた。

ただ一人、悲嘆にくれた国王は、憎しみのあまりあろうことかリュドミラと手を組み、双子を殺そうとした。その頃には趨勢《すうせい》が変化しており、リュドミラと双子の立場は対立していたのだ。

リュドミラに命を狙われた双子は、逆に彼女を間男との刃傷沙汰に見せかけて殺した。自分たちを見捨てて逃げた女である。どうということはなかった。

息子たちを失い、さらに頼りとする側近らもすべて失い、完全に孤立した国王は、失意のあまり抜け殻のようになった。現在は王宮の一室に軟禁されている。よってルシウスの「父親」は今も国王のままだが、宮廷を事実上支配するのは王太子となったシベリウスである。

後顧《こうこ》の憂いがなくなったルシウスは、ようやくキアラのもとへ来ることができたというわけだ。

八年。長かった。これまで引き裂かれていた分、これからは彼女との蜜月を全力で味わいぬこう。

手こずらず結婚に持ち込めたのは幸いだった。

(まぁ僕がそうするしかない状況に持っていったんだけど……)

ようやく手に入れた絶対的な権力の正しい使い方である。

長く暗い冬を越えて、ようやく人生の春が来た。ルシウスは思う存分それを謳歌《おうか》するつもりだった。

# 第四章

　商工会議所との会議が終わり、手元の書類をまとめながら、キアラは会議室を出ていく参加者を見送った。経済活動には依然として様々な問題があるものの、以前に比べれば皆、表情に余裕がある。

　キアラが領主になって二年がたった。

　ロォムの財務状況は着実に回復しつつある。しかし――。

　一番最後に会議室を出たところで、農家ギルドの長が近づいてくる。キアラは笑顔を浮かべた。

「ブドウの栽培について明るい展望が見えてきたと、修道院長から聞きました」

「えぇ、初めて尽くしで戸惑うことも多いですが、皆がんばっています。だからこそバルカのやりようが許せない」

　ギルド長の言葉に、キアラは笑みを消す。

バルカとは、ロォムと隣接する土地である。

三か月前、大嵐が起きて大規模な土砂崩れが発生し、ロォムとバルカ、ふたつの領地にまたがって敷設されていた水路も大きな被害を受けた。所々土砂で埋まってしまい、水の流れが途絶えてしまったのである。

山間に張り巡らされた水路は、高地における農耕の生命線。一刻も早く復旧させなければならない。

キアラはバルカ伯と連絡を取り、双方の領地内で修復工事を急ぐことを約束した。

ロォム側は約束通り、一か月もしないうちに工事を終えたものの、バルカ側の工事は遅々として進まず、いまだに水路が使えない状況だという。

ギルド長は渋い顔で言った。

「皆、我慢も限界に達しています。一刻も早く何とかしていただきたい」

「わかっています。少し前、バルカに工事を急ぐよう催促する使者を送ったところ、鋭意作業中だという返事が――」

その言葉を、彼は鼻で笑った。

「とんでもない。向こうはまだ倒木ひとつ片づけちゃいませんよ」

「そんな馬鹿な……!?」

思わず返すと、ギルド長は話にならないとばかりに首を振り、深いため息をつく。

これ見よがしなため息には苛立ちを覚えたが、もしそれが本当なら、先方の話を鵜呑みにしていた自分にも非はある。山のような仕事に追われていたというのは言い訳にならない。

「後で視察をしに行きます」

キアラが言葉少なに応じると、彼は「頼みますよ」とだけ言い、踵を返した。

「それから、しばらく前に王軍の兵士がバルカのほうに向かうのを見たという者がいます。こういう時期です。くれぐれもご用心を」

去り際に含みのある言い方で念を押され、苛立ちが募る。厄介事を増やすな。夫をきちんと監督しろ。言外に匂わされた棘《とげ》は、キアラの自尊心をちくちく刺してきた。

叛乱終結から二年、ロォムの男たちはいまだに国王にやすやすと膝を屈したキアラを苦々しく思い、王子であるルシウスとの結婚も認めようとしない。

会議の他の参加者たちは早々に歩き去っていく。キアラを待つどころか、一緒に歩くなどという考えそのものがないようだ。

キアラもまた、はぁ、と重いため息をつく。

その瞬間、廊下のカーテンの裏からのびてきた手に、ぐいっとカーテンの中に引っ張り込まれた。

「——!?」

「働き者の領主様、仕事は終わった?」

「ルシウス……!?」

カーテンにくるまるようにして、彼はキアラを抱きしめてくる。

「何のつもり？」

「別に。ただ少し思い出してもらおうと思って」

「何を？」

「最近、僕のことを少々ほったらかしすぎだって」

美しい夫は拗《す》ねた口ぶりで言う。キアラは首を傾げた。

「そんなことないわ」

「ある。あれもこれもってキアラの仕事が増えて、昼食も夕食もなかなか一緒にとれなくなって」

「朝食はいつも一緒でしょう？」

「夫婦は三食とも一緒なのが当然じゃないか！　一人で食事をしていると、キアラにとって僕なんかその程度なんだなって思えてきてしかたがないんだ……」

「…………」

心の底から面倒くさいことを言われ、どうしたものかと考えた。

否。時期的に今は大変忙しいのでどうしようもない。……無情な結論に落ち着こうとしたキアラに、彼はこれみよがしに、恩着せがましくつぶやいた。

「あ～あ。銀山を取り戻すのにあんなに協力したのになぁ……」

そう。二年前、一方的に国有化を宣言された銀山は、先月になってようやくロォムに返還された。ルシウスが先頭に立って交渉してくれたおかげである。国王側の代表者と話し合い、彼は一滴の血も流さずに所有権と権益を取り戻してくれた。信じられない快挙だ。

「それはとても感謝しているわ」

キアラが夫を振り仰いで言うと、彼はぱっと顔を輝かせる。

「なら愛してるって言って」

「言わせる言葉じゃないでしょう？」

「そんなことはない。言っているうちに君も自己暗示にかかるかもしれないし」

「私はあなたの妻よ？」

「それならなおさら愛してるって言って。これからは僕の顔を見るたびに言って」

「そんなの――」

無茶だと言いかけたくちびるを塞がれ、言葉を封じられた。優しいキスは、ほどなく深くなっていき、舌を絡め合うなまめかしいものに至る。

城のカーテンは丈が長く、二人の全身を隠しているはずだ。それでも、膨らんでいるのを見れば中に人がいるのは明らかである上、何よりここは誰が通るとも知れない城の廊下である。

こんな場所で、と尻込みをするキアラの舌を、ルシウスはどこまでも追いかけてきた。

「………っ」

執拗なキスに情欲をかき立てられてしまう。蕩けるように熱い官能が、背筋を伝って腰奥に淫蕩な疼《うず》きをもたらす。

（いけない、のに……っ）

二年間、彼は毎日のようにキアラに愛をささやき、キスをしてきた。それどころか――。

ドレスの上から胸をまさぐろうとする大きな手を、キアラはあわてて止めた。

「こんなところで、何をするの……!?」

「君の好きなこと」

目を細めて見下ろしながら、彼はキアラの手の中で、胸のふくらみをむにゅむにゅと揉みにかかる。

「ちょっと……っ」

「気持ちいいの、好きだろう？」

低くいやらしい声が鼓膜に注ぎ込まれてくる。

「窓の外から誰かに見られるかもしれなくてドキドキするね」

「ハラハラするわ！」

キアラは骨抜きにされそうだった自分の理性を叱咤《しった》しつつ、腕を突っ張って相手を押しのけた。

「こういうのは夜にするものよ」

「仕事を終えてくつろいでいる時のほうが感じる？」

押しのけられてなお、ルシウスはキアラの腰をなでまわす。

「こら……っ」

キアラの二十歳の誕生日は一か月後に迫っている。あとひと月で、いよいよ結婚式を挙げて本当の夫婦になる。

その日に向けてルシウスは二年前から入念に下準備をしてきた。

毎晩キアラの部屋を訪ねてきては、キスをしたり、身体にさわったり——婚前交渉の取り決めの範囲内でいやらしいイタズラをしてくる。『信頼、そして恋愛関係を築くためには、まず触れ合わなくちゃ』という、取り決めの際の言葉を忠実に実行しているわけだ。

二年をかけて、キアラは彼によって未知の官能をくり返し教えられ、同じ数だけ快楽に屈してきた。夫にされていることだという言い訳を自分に許して。

(でも今はダメ……！)

臀部《でんぶ》に移動したルシウスの手を、はっしとつかんで何とか押さえる。

「待って。……あなたに訊きたいことがあるの」

「訊きたいこと？」

「半年くらい前から、あなたの近衛がバルカのほうへ足をのばしているという報告が、ちらほら耳に入ってきているんだけど……」

頬を上気させながらも冷静さを保ち、夫を見上げると、彼は軽く肩をすくめた。

「ブドウの栽培に適した土地を探させていたんだ」

「そういうのはこっちでやるから、余計なことはしないで。今、バルカと難しい状況なのは知っているでしょう？」

「知ってるさ。キアラの仕事を増やしている要因のひとつだからね」

ルシウスがつまらなそうに言う。キアラは、すっぽりと自分を抱きしめる夫の腕の中でしきりに身じろぎをした。何とか抜け出そうと試みる。

「向こうは約束を果たしていないらしいのよ。――ちょっと見に行ってくるわ」

が、絡みつく腕はびくともしない。

「僕も行くよ」

「なら手を離して」

赤い顔で、それでも毅然として訴える妻を抱きしめて、ルシウスはすりすりと頬ずりをして応じた。

「愛してるって言うまで放さない」


「これはひどいわね」

土砂崩れによって途絶し、水が枯れてしまった水路を目にしてキアラは眉を寄せた。

「ほとんど何もしてないじゃないの。もう三か月もたったというのに……」

「いや、バルカ側の水路はすっかり元通りだ」

ルシウスの声にバルカ領のほうを見れば、土砂で埋まった箇所はそのまま、バルカ側の農地に向かう水路は幅も広げられ、難なく水が得られるよう整えられている。

緑深い山間の道に立ち、キアラはこみ上げる怒りの中で冷静さを保とうとした。

ようはバルカ側が、ロォム側への流れを堰《せ》き止める大量の土砂を取り除いていないのだ。

立ち会ったロォムの農家の男たちも厳しい顔だった。

「水が欲しければてめぇで何とかしろと言わんばかりだ」

彼らは顔をしかめてバルカ方面の水路を見やる。それからキアラに不満そうな目を向けてきた。彼らの言いたいことはわかる。キアラが舐められているから、バルカ伯が好き放題するのだ。先代のロォム伯が相手であったら、バルカ伯もここまでふざけた真似はしなかったにちがいない。

キアラは彼らを見渡して言った。

「早急にバルカに抗議を申し入れます。灌漑《かんがい》設備を整備して水の供給を滞りなく保つのは領主の責務。聞き入れられない場合は法廷に持ち込むと」

「そりゃあいい。中央に訴えればこちら側が有利ですからな」

含みのある言い方をした男が、ルシウスを見る。王子がいれば当然勝てると言わんばかり。ルシウスは小さく肩をすくめた。

「わざわざ法廷に持っていかなくても、一時間もあればハルス山にいる王軍がバルカに攻め込める」

男たちはぎょっとしたように息をのむ。キアラは慌てて制した。

「ルシウス！　悪い冗談はやめて」

「冗談じゃない。どんな協力も惜しまないって伝えたかっただけ」

男たちが鼻白んだようにぼやく。

「ルシウス殿下は相変わらずご決断に迷いがない」

その目には、よそ者の王子への露骨な不信があった。

「とにかく」と、キアラは改めて言い渡した。

「法は争いをいたずらに拡大させずに問題を解決するための手段です。もしこのままバルカが取り決めに従わないようであれば、我々に落ち度はなく、法に背いているのはバルカ側であることを明らかにして国王の裁可を仰ぎましょう」

親方がくちびるの端を持ち上げる。

「さすがキアラ様。賢い方は言うことがちがう」

感嘆に模したセリフが嫌味であるのは明らかだ。その証拠に彼らがキアラをロォム伯と呼ぶことはない。今も「何かあるとすぐ国王に言いつけるってのも……」「バルカ伯にバカにされたまま……」「ロォム伯なら、手勢を引き連れてバルカに乗り込んで話をつけただろうに……」というささやきが漏れ聞こえてくる。

キアラは聞こえないふりでやり過ごした。

彼らが新領主への不満を言っている間、キアラは全力で職務を果たしてきた。他領との余計な摩擦を避け、経済を重視した政策を進めたおかげで景気は以前よりも良くなった。

誇りこそすれ、恥じることは何もない。それでも領民たちのキアラへの信頼や評価は、決して芳しいとは言えない。

王権へおもねっていると陰で批判し、キアラは王都から戻ってきた時からずっと国王側の人間だと糾弾する者すらいる。

ロォムの領主として認められるまでには、まだまだ時間がかかるようだった。


視察を終えたキアラはまっすぐ城に戻った。

秋は領主の仕事が増える時期だ。

作物の収穫高を調べて備蓄と納税の計算をし、国境の警備、街道の治安状況を調査し、雪に閉ざされる前にと急増する隊商から国内外の情報を集め、内容を文書にして国に提出する一方で、冬に備えて隊商から薬や日用品などを買い込み、老朽化した領内の公共施設を雪に耐えられるよう修繕する。その間にも領民からの陳情はひっきりなしに届く上、商工会議所は何かと話し合いを求めてくるし、有力者の冠婚葬祭にも目を配らなければならない。

顧問官のマグライドを始めとして、官吏らが支えてくれているとはいえ、連日目がまわるような忙しさである。

城に戻った後もキアラは仕事に追われ続けた。夕食後にもひと仕事をして、ようやく息をついたのは寝るために自室に戻ってからのこと。

部屋ではルシウスが待ち構えていた。彼の部屋はもちろん別にあるのだが、この二年間、ほとんど毎晩勝手に入ってきては、自分の部屋のようにくつろいでいる。

「おかえり。今日も遅かったね。こっちへおいでよ」

誘われるまでもなく、キアラは彼のいるソファに音をたてて倒れ込んだ。その日一日の疲れがどっと襲いかかってきてぐったりする。頭上でルシウスの声がした。

「フレイアが軽食を用意してくれたよ。君、夕食もそこそこに仕事に戻ってしまったそうじゃないか」

「そうだっけ？」

のそりと顔を上げると、彼が近くのテーブルから半円形の蓋がついた銀のトレーを持ってくる。ソファの上に置き、蓋を取ると、柔らかそうなパンとチーズ、そしてワインが姿を現した。

急に空腹を感じ、キアラはごくりとつばを飲み込む。

「ありがとう。いただきます」

キアラはパンを手に取り、座り直して食べ始めた。ルシウスは二人掛けのソファに並んで座り、二人分のグラスにワインを注ぐと、片方をキアラに渡し、グラスを軽くふれさせる。

「がんばり屋の辺境伯に乾杯。君は世界一勤勉な領主だ」

間近から見つめてくる青灰の瞳が、嫌なことは飲んで忘れてしまえと煽ってくる。キアラはひと息に飲み干して息をついた。

「昼間は悪かったわね。嫌な思いをさせて」

農家の男たちが口にした露骨な当てこすりのことだ。彼らはルシウスを国王の手先と呼んで嫌っている。

「ロォムは保守的なだけじゃなく、昔からすごく排他的でもあるの。新しい物も人間も、認めて受け入れるまでに時間がかかる。気を悪くしないで」

「僕はべつに」

空いたキアラのグラスに、すかさず新たにワインを注ぎながら、彼はさらりと返してきた。

「僕を傷つけることができるのは君の言葉だけ。それ以外はそよ風みたいなものさ」

「みんな、怒る相手を間違えているわ。悪いのは約束を守らないバルカ伯なのに！」

ぐびぐびとワインを煽りながら、キアラは昼間は表に出せなかった怒りをぶちまける。

「あの男尊女卑ジジィ！　ほんっと腹が立つ！」

「本当にこのへんの男は脳筋ばかりでいやになるね」

てきとうに応えながら、ルシウスはキアラのグラスが空かないよう、ワインを注ぎ続ける。

事実、ロォムと隣接するバルカの領主は、キアラの父と同じく剛勇と男らしさを何より尊ぶ根っからの武人であり、「女が政治を語るなど片腹痛い」などと面と向かってキアラに言ってくるような人物だ。おかげで三か月前、水路の復旧についての話し合いは、始まる前から決裂しそうになった。

マグライドが間に入り、何とか交渉の席につかせて約束を取り決めたが、そもそもまともに守るつもりはなかったようだ。

「私が女だから大事にはならないと高をくくっているんだわ。法廷に訴えると言えば、おそらく『領主のくせに国王の後ろ盾がなければ何もできない』と言いふらして笑い者にするつもりよ」

「法廷に出たところで、『工事のための金がない』とか恥ずかしげもなく言いそうだな……」

バルカは近年、ロォムだけでなく、境を接する他の土地とも「名誉をかけた」小競り合いをくり返している。またバルカ伯は若い頃から、国内外で何らかの戦端が開かれるたび、真っ先に駆けつけて武勇を示してきたという。

よって武人としては名を馳せていたものの、領主としての評判は最悪だった。戦費の捻出で常に首が回らない状況なのだ。まともな運営ができないため経済は疲弊し、産業も交易も縮小する一方。領民は厳しい暮らしを強いられている。復旧に時間がかかる理由はそのあたりもあるのだろう。

そもそもバルカ伯は、今のロォムの豊かさを妬んでいるとも言われている。

「どうするつもり？」

ワインを注ぎながらの問いに、キアラは迷いなく応じた。

「法にのっとって対応するわ」

「ああいう手合いは武力に訴えちゃったほうが手っ取り早いと思うけど」

「領民の間に禍根が残るような真似は避けたいの」

「王軍を使えば？　領民同士の衝突を避けられる」

「王軍はあなたの軍隊でしょう」

「僕の力は君の力だ。好きに使っていいのに」

「――――……」

そうは言っても、なるべく国王側に余計な借りは作りたくない。――本心を隠してキアラは返した。

「銀山を取り戻してくれただけで充分よ。今でも信じられないもの。一体どんな手を使ったの？」

おかげでロォムの財政は格段に好転した。裏を返せば、国王側は大きな損害を被ったはずだ。なぜそんなことが可能だったのか。

不思議がるキアラに彼は軽く肩をすくめる。

「大したことは何も。僕は王子だよ？　国王側の代表だった伯爵は、結局のところ僕に歯向かい続けることができなかった。つまり王子と結婚した君の慧眼《けいがん》が物を言ったわけだ」

「いいえ、私の手柄じゃないわ」

「これは君が僕を選んだ結果。――つまり君の手柄だ」

黙り込んでうつむくキアラのうなじに、ルシウスがキスをしてくる。ハッと息をのむ。酒気に赤く染まった首筋を彼はくちびるでたどってくる。くすぐったい。身をよじろうとするも、するりと絡んできた腕が柔らかく身動きを阻んだ。

「君は立派だ。視野を広く持ち、物事を長い目で考える。自分の事情だけでなく、人の感情にも配慮して、互いに満足できるよう譲歩することも知っている……」

ひと言ひと言を肌に沁み込ませるように、ルシウスがささやく。なまめかしく動く手がドレスの襟ぐりを引き下ろし、肩を露わにする。

「これほど領民にとって理想的な領主はいないのに。ロォムの男たちはそろいもそろって無能だ。ロォムが他の土地に比べて格段に豊かなのが誰のおかげだと思っているんだか」

話しながらも彼は肩から上腕、胸にかけてキスを降らせてくる。熱いくちびるの感触を感じながら、キアラは吐息交じりに答えた。

「女性たちは、わかってくれているわ……。味方してくれる人も、多いのよ……」

「でも彼女たちは父親や夫に強く意見できない。おかしなことだ。彼女たちが一日仕事を放棄したら、男たちは自分が普段いかに女の働きに助けられているか、たちまち理解するだろうに」

「都会の考え方ね」

「実際のところ、キアラの考えが正しい。むやみに武力に訴えれば、互いに引っ込みがつかなくなり、たちまち泥沼に陥る。犠牲になるのは領民だ」

「ええ……」

くすぐったくも甘やかなキスでキアラを酔わせておきながら、ルシウスは急に顔を上げた。

「マグライドが邪魔だな」

「いきなり何……？」

「君の考えを理解して、同じ目線で物を考える人間は僕だけでいいのに」

「彼がいないと困るわ」

「僕も君にそう言われたい。だからマグライドを首にして、僕を顧問官に据えよう？ね？」

無邪気にねだられ、キアラは我を取り戻す。眉を吊り上げ、はだけられていた襟ぐりを引き上げた。

「ね、じゃないでしょう!? 次にそんなこと言ったら嫌いになるわよ！」

「それは困る。嫌われたら、また好かれるところからやり直しだ」

「何言ってるの。嫌いになったら結婚の取り消しよ」

「応じかねる」

「私だって」

負けじと言い返し、立ち上がろうとしたキアラの腰に腕をまわし、彼は自分の膝の上に座らせた。そして間近から覗き込んでくる。

「逃げたら追うよ。どこまでも追いかけて捕まえる。君は決して僕から逃げられないし、僕も君から一生離れない。嫌われても、憎まれても傍にいる。二年前、結婚証明書に署名したのが運のつきさ」

作り物めいた美しい顔に、薄い微笑みを浮かべながら、深い影を孕んだ青灰の瞳はどこまでも真剣だ。まるで脅しのような口説き文句を耳にして、キアラの胸が甘く震えた。彼の肩に頭を乗せる。

「じゃあもう一回言って。私が正しいって」

「君の考えは正しい。君のやり方は理性的で、寛大で、人の道にかなっている。尊敬に値する領主だ。愛しているよ」

「――……」

ルシウスを信じているわけではない。彼があくまで国王の代理人である事実を忘れたことはない。

（だけど――）

彼だけだ。常にキアラのすべてを肯定して、背中を押してくれるのは。領主になったばかりの頃から、彼は一貫してキアラの味方であり続け、どんな協力も惜しまず支えてくれている。

疲れて沈んでいる時、キアラには力強く賛意を示す彼の言葉がただただ必要だった。彼が何者であっても、もはや失うことなど考えられないほどに。

「もっと言って」

「君を誇りに思う。愛している」

見つめ合い、酒気に湿ったくちびるが重なる。軽いキスを交わした後、ルシウスは想いが高じたようにキアラを力強く抱きしめ、くちびるのあわいに舌を差し入れてきた。二年前には知らなかった大人のキスだ。

互いの熱と息遣いが混ざり合う。心臓がどこまでも強く音をたてる。ぴったりと密着した胸から、彼の鼓動もまた速く昂《たかぶ》っていることが伝わってくる。

彼の手が胸をまさぐってくる。ふくらみをやんわりと揉まれ、先端をころころと刺激されて大きく肩がふるえた。優しくもいやらしいさわり方にドキドキする。

目のくらむような交歓に思考がぼぅっと白みを帯びる。酒が入っているせいか、もっとしたいなどと考えてしまう。

「ルシウス……」

くちびるが離れた後にもうるんだ目で見上げていると、ルシウスがごくりと喉を鳴らし、やがて顔を背けた。

「……ちょっと離れようか」

「お酒のせいで頭がふわふわしてて……、酔っぱらっちゃったみたい」

「そうみたいだね。こらこら、押し倒してこないで」

「どうして？　もう一度キスしましょうよ」

舌足らずな口調で言い、キアラは相手に顔を近づける。しかしその寸前、くちびるに人差し指を置かれ、軽く押し戻された。ルシウスは、めずらしく困った顔で笑う。

「ダメだよ。止まらなくなっちゃうから」

「キスならいいじゃない。夫婦なんだし」

お酒が入らないとここまで正直になれない。しかし実のところ、キアラは彼とのキスが好きだった。とろけるほど甘くて心地よく、何より彼の気持ちが伝わってくる。彼が自分を欲していることを感じられる。

愛されずに育ち、ひもじく飢えていた心を、ルシウスは情熱的に満たしてくれるのだ。

「二年前の君に聞かせたいね。くちびるにキスしただけで『不潔よ！』って、顔を真っ赤にして怒った君に」

瞬間的にこみ上げた猛烈な羞恥に、キアラは彼の胸をたたいた。

「それはもう忘れて！」

「無理。可愛くて死にそうだった。一生僕の記憶の中で燦然《さんぜん》と輝き続ける」

「変態！」

「君とキスしたいけど、約束を守りたいから、今夜はここまで」

ルシウスはキアラと交わした約束をきちんと守っている。この二年間、色めいたいたずらを仕掛けてくることはあっても、男女の最後の一線を越えることはなかった。

正式に結婚するまでの二年の猶予は、国王側の過剰な干渉をけん制するためにキアラから言い出したこと。自ら破るわけにはいかない。

渋々引き下がるキアラを、彼は笑みをこらえて見つめてくる。

「二年は準備期間。その間、結婚式を指折り数えつつ悶々《もんもん》として過ごせって決めたのは君だろう？」

「そんな変なこと決めていないわ」

キアラは彼にもたれかかる。キアラを深く抱きしめたまま、ルシウスは腰や脇腹をなでてくる。大きな手がなまめかしく動くたび、キアラは心地よさに震えてしまう。息が上がり、吐息がもれる。

彼にこうして触れられると、不思議に悩ましい感覚が湧き起こり、身の内に溜まってどうにもしがたいほど身体が熱くなるのだ。それがなぜ、どういう仕組みによるものなのかわからず、ただ彼の手と体温と香りに翻弄されて、甘やかな愛撫《あいぶ》にもっと身を任せたいような、不安を感じて逃げたいような、奇妙な状態になってしまう。これが彼の言う「悶々とする」ということか。

何もわからないまま熱く息を乱すキアラを、ルシウスは目を細めて見つめた末に、舌なめずりするような声で耳朶《じだ》にささやいてきた。

「来月、君が二十歳の誕生日を迎えたら我慢しないから」

「――――……」

キアラは小さくうなずく。二十歳の誕生日。その日が来たら結婚式を挙げて、本物の夫婦になる。二年前からの約束だ。その日に向けて、フレイアが腕によりをかけてドレスを用意している。他の女性たちも、盛大な式にすると張り切ってくれている。

（大丈夫――）

自分は幸せを感じている。ルシウスの言葉も、おそらく半分以上は真実だ。その気になれば力に物を言わせて従わせるのも可能であるにも関わらず、自ら毎晩キアラのもとにやってきては仕事の愚痴を聞き、励まし、口説いてくるのだ。彼は本当にキアラを気に入っている。

それが愛と呼べるものなのかは定かでないにせよ、重要ではない。自分たちはすでに結婚し、夫婦になるしかないのだから。うまくやれるなら、それに越したことはない。

だがしかし――それでも時折、心の奥底に残った大きな隙間から声が響く。

ルシウスは国王によって送り込まれてきた結婚相手。責務のためにキアラの気を引いているだけ。名実ともに夫婦になれば、その立場を利用して今度こそロォムを乗っ取りにかかってくるかもしれない。すでに自分の知らないところで、内側から切りくずし、完全なる支配につなげるための糸口を探っているのかもしれない。

その証拠に、ハルス山の頂には、ほぼ完成しつつある頑健な要塞に王軍の兵士たちが駐屯している。ロォムを睥睨し、叛乱の兆候はないかと油断なくにらみを利かせている。それは同時に、いつでもロォムを内側から攻撃することができるのだという威圧でもある。

ルシウスの言葉を額面通り信じることなどできない。――それでも。

キアラは二年間、彼と共に過ごし、毎日のように「愛している」と言われ、甘いキスの味を覚えてしまった。今夜も一人でベッドに入った後、身を苛む熱が冷めるまでの長い時間、彼のことを考えて過ごすのはまちがいない。

そういう意味で、ロォムの男たちが「領主は王子の虜にされた」と嘆くのは仕方がないことと言えた。

⚜

灌漑《かんがい》設備を元通りに修復するようバルカに求める交渉は、その後も難航を極めた。

もちろんロォム側も毅然とした態度で臨んだものの、なるべく事を荒立てたくないというキアラの思惑を察したバルカ伯はいやらしく足元を見てくる。あえて武力衝突をちらつかせ、ロォムから多額の見返りを引き出そうとする。

それを噂で耳にしたロォムの領民たちは激怒し、キアラの弱腰を激しく責めてきた。特に直に影響を受ける農家は苛立ちを募らせていた。

やがて双方の領民同士の間でも小さな摩擦が起こり始め――それが双方の領主を巻き込む大きな騒動に発展するまでに、時間はかからなかった。

発端は、ロォムの警備兵が数名、休日にバルカの町にくり出し、酒場で飲んでいた時に起きたケンカである。

警備兵らの職場である詰め所からは、ロォムの町よりもバルカの町の方が近いため、これまでも兵士たちはその町にある行きつけの酒場で息抜きをするのが常だった。大きな問題を起こしたことは一度もない。

しかしその日、酒に酔った状態でバルカの若者たちから「女領主の尻に敷かれている」と揶揄された警備兵たちは激昂し、若者たちと乱闘を起こした末に一人を死なせてしまったのだ。

警備兵らは駆けつけたバルカの兵士に捕らえられ、領内を引き回された挙句、バルカ伯の城の地下牢に投獄された。その後バルカ伯からロォムへ、殺人を犯した警備兵は絞首刑、他の者たちは公開の鞭打ち刑に処すと通達が来た。

「鞭打ち刑にした警備兵を返してほしければ、水路の復旧費用をロォムが全額負担した上、向こう十年間、水路の使用料を払うように。応じない場合は警備兵に十年の労役を課す

――ですって!?」

キアラはバルカの使者が持ってきた文書を丸めて暖炉に放り込む。

「よくもこんなこと！　ただの脅迫じゃないの！」

「あんたのせいだ！」

キアラの前に連れてこられた、ガイルという名の青年が怒鳴った。顔中を痣《あざ》で腫らした彼は、バルカで騒動を起こした警備兵のなかでただ一人、捕まらずにロォムに逃げ帰ってきた人物である。

「あんたのせいで俺たちまでバカにされる！」

「黙れ！　無礼なことを申すな！」

マグライドが一喝した。キアラは深呼吸し、失いかけていた冷静さをかき集める。

「絞首刑にされるという兵士は誰？」

「ノックスって名前の小隊長です。歳は三十。みんなのいい兄貴分で……」

「そのノックスは、本当にバルカの住民を殺したの？」

「はい……」

うなずいた後、ガイルは必死に訴えた。

「でもわざとじゃない！　ノックスが振り回した椅子に、誰かに殴られた相手が突っ込んできて、運悪く頭をぶつけた。たまたま打ち所が悪かっただけだ。殺そうと思って殺したわけじゃない！」

「でも殺したんだな、この間抜け。何がキアラのせいだ」

「ルシウス、黙って」

「おまえ達がバカだったせいい以外の真実があるか」

「ルシウス！」

夫を一喝し、キアラは口元に拳を当てた。

「死なせたことに変わりはないわ。……困ったわね」

バルカ伯からの文書に書かれていたのは、ノックス以外の警備兵についての処遇のみ。

ノックスの絞首刑を免除するつもりはないようだ。

ややあって顔を上げたキアラは、対応を待つマグライドや、官吏たちに言い渡した。

「バルカ伯に、ノックスの絞首刑を待つよう申し入れて。そもそも乱闘のきっかけを作ったのはバルカのほう。それに乱闘の最中の事故で、故意ではなかったことを強調して、こちらを無視して処刑を断行した場合、相応の処置をとると伝えて。それから亡くなったバルカの住民の遺族に見舞金を」

指示を出した後、キアラはロォムの主だった有力者を城に集めて意見を求めたものの、全員バルカと一戦交えることを主張するばかりで建設的な案はひとつも出てこなかった。

何の進展もないまま数日が過ぎ、キアラは頭を抱える。

「ひとつ明らかになったことがあるわ」

いつものように仕事の後に部屋に戻り、ルシウスとワインを酌み交わす中で、キアラは投げやりに言った。

「お金で解決しようとすれば、今度こそ私は領主の座を追われかねないってこと」

数日間、バルカとの戦いを主張する各方面の人間と言い合いをし、いい加減うんざりしている。話が通じない相手の罵倒を受け止めるばかり。疲労も極みに達していた。

ワインのグラスを片手に、だらしなくソファに横たわるキアラは、ルシウスの膝に頭を乗せている。彼はごく軽い口調で返してきた。

「そうなったら二人で王都に行こう」

「いやよ。私は領主の椅子にしがみつくわ。絶対辞めたりしない」

「君をいらないって言う人たちのために働くの？」

「そうよ。私はロォム伯の娘に生まれて、ロォム伯になるべく生きてきたんだから。ロォムを平和で裕福にして、みんなを幸せにできるのは私しかいない。今まさにそう感じるわ」

横たわったまま、雄々しくワイングラスを掲げて言うと、ルシウスはキアラのグラスに自分のグラスを当ててくる。

「キアラの言う通りだ。ロォムは前の領主の時代より確実に豊かで平和になっている。もし今、頭に血が上った男が領主になれば、バルカと戦争を起こすのはまちがいない。結果、せっかく貯めこんだ富は戦費に消えていき、貴重な労働力が無益に失われる」

さすがルシウスは、キアラが衝突を避ける理由を正確に理解している。彼の十分の一でもいい。ロォムの男たちが現実を見てくれればいいのに。

ルシウスは小さく笑った。

「君は正しい。何もまちがっていない。それにみんな誤解している。君が争いを避けるのは政治的な計算であって、臆病だからじゃない。むしろ本来はとても気が強くて、自分より強い相手にでも平気で食ってかかる勇気がある」

「そんなことは……」

「僕らの初対面を忘れた？　誰もが恐れる王子を君は鞭で殴ってきた」

そう言われ、子供の頃の記憶が懐かしくよみがえる。キアラも思わず苦笑した。

「子供だったのよ」

「君は強い。必要とあれば誰にでも立ち向かう、勇敢な女性だ。武勇を誇るロォムの領主にふさわしい。いつかロォムの人々も理解するさ」

ルシウスの言葉が胸に染みこんでくる。いつも通り、彼の励ましを受けて落ち込んでいた気持ちが浮上してくる。キアラはワイングラスをテーブルに置いた。そして手の甲で目頭を覆う。

「それにしても、よりにもよってこんな時に事件が起きなくても――」

水路の件で揉めている時でなければ、まだ手の打ちようがあるものを。そう考えて、ふと何かが頭をよぎる。

「いえ、待って。何か……おかしくない？」

目で問うと、ルシウスもうなずく。

「タイミングが悪すぎるなって、僕も感じていた」

「――……」

急速に酔いが覚めていく。キアラは起き上がり、ソファの背にかけていたガウンを羽織った。

「調べてみましょう」

⚜

騒動が起きてから十日後。

ロォム側の呼びかけにより、バルカ伯とロォム伯に加えて双方の関係者が集まる話し合いの場が設けられることになった。場所は互いの領地の境に近い、小さな町——まさに騒動が起きた町の集会所である。

当日、キアラはマグライドに留守番を頼み、腕の立つロォム軍の兵士を数名引き連れて現地に向かった。誘ってはいないがルシウスも勝手についてくる。

先に着いていたバルカ伯は、にやにやと神経を逆なでる嘲笑を浮かべてキアラ達を出迎えた。

「これはこれは、ロォムの女領主殿！　よくお越しくださった。いつもマグライド殿を送ってよこされるので、城から出ることができないのかと思っておりましたぞ」

バルカ伯は五十歳前後の骨太の男である。頭こそ禿げ上がっているものの、鍛えられた身体はがっしりとして若々しく、威圧感がある。

相手よりも優位にあることを示そうというのだろう。テーブルの上に足を乗せ、ふんぞり返って椅子に座ったまま立ち上がろうともしない。

キアラもまた挨拶もなく切り出した。

「領民が謂《いわ》れのない罪に問われるか否かの大事な場面です。領主が足を運ぶのも当然――」

「いやぁそれにしても凛として美しい！　白い結婚の最中というのが本当なら、旦那は何をしているのやら。バルカだったらとっくに寝取られているところだ」

バルカ伯の言葉に、その場にいたバルカの男たちがどっと笑う。

「バルカは人の法を理解しない未開の地か？」

ルシウスの冷ややかな声がそれに応じる。

「なにを!?」

気色ばむ男たちを手で制し、バルカ伯が彼をにらみつけた。

「あんたがルシウス王子か」

「そうだが」

二人のやり取りにキアラは少し違和感を覚えた。が、気にせず切り出す。

「バルカ伯、先日この町で起きた痛ましい事件について、こちらの調査の結果、あなたが殺人だと言い張る根拠が非常に疑わしいことが――」

「城の外は日差しが強い。白い肌が日焼けしては大変だ。今からでも遅くはない。土地の男を婿にとって領主の仕事を任せたらどうだ。なぁ、みんな？」

バルカ伯のだみ声に、配下の男たちが「そうだ、そうだ」と合いの手を入れる。

「そういうわけでお嬢ちゃん、金を払え。話はそれだけだ。帰っていいぞ」

ふんぞり返ったままバルカ伯はニヤニヤ笑い、ぞんざいに手を振った。バルカの男たちからは口笛と拍手喝采が起きる。

逆にロォム側の兵士たちはあまりの侮辱に憤慨した。が、決して挑発に乗らないよう事前に言い含めておいたため、みんな何とか我慢している。

キアラは顔色を変えずに続けた。

「バルカ伯。息子さんの姿が見えないようですが、今日は出席されないのですか？」

「ありゃあ放蕩《ほうとう》息子でな。二日前から家に帰ってこない」

「心配ではありませんか？」

「二十歳の男が二日家に帰らなかったからって、心配もくそもあるか。大方どこかの女の家に転がり込んでいるんだろう」

「息子さんは二十歳なのですか。言動が幼いので、てっきり私よりも年下かと思いました」

平坦なキアラの言葉に、それまで嘲笑を浮かべていたバルカ伯の顔から笑みが消える。

「どういうことだ？」

「日焼けしたくないので、そろそろ失礼させていただきましょう」

した。

「ふざけるな！　儂の息子のドーソンをどうした!?」

恐ろしい形相でわめくバルカ伯を、キアラは真正面から見据えた。

五日前。キアラが酒場での乱闘についてひそかに調べさせたところ、意外な事実が判明した。

『乱闘が起きた時、酒場にはバルカ伯の息子がいたそうです』

その報告を受けて、キアラはあることを確信し、ロォム軍の兵を集めて、ひとつの指示を出した。彼らは見事に応えてみせた。

キアラが手を振ると、外で待機していた兵士が縛られたドーソンを連れてくる。

「二日前、ロォムで女性に無体を働こうとしたために捕らえました」

「ちがう！　はめられたんだ！」

ドーソンは父親に訴えた。そう。ロォムの兵士は、女性を使ってドーソンをロォムにおびき寄せ、そこでわざと女性とひと悶着《もんちゃく》起こすよう仕組んだ。そして彼はまんまと罠にかかった。

おまけに暴行容疑で捕らえられた後は、拷問の器具を見せただけで震え上がり、訊かれもしないことまでペラペラと話した。

キアラはその成果を披露する。

「バルカ伯。ロォムから様々な口実でお金を引き出すため、わざとあの事件を仕組みましたね。ロォムの警備兵を怒らせて乱闘を起こし、その最中にあなたの息子は、警備兵が振り回した椅子に向けて仲間を突き飛ばしたそうです」

「何をバカな!!」

バルカ伯が椅子を蹴って立ち上がる。後ろにいる男たちが騒ぎ出す。

キアラは力強く返した。

「すべて、ここにいるドーソンが自ら告白したことです!」

バルカ伯は青ざめて息子を見る。

「おまえよくも――」

「だって仕方なかったんだ……!」

「もういい! 決闘を申し込む!」

バルカ伯は自分の革手袋を取り、キアラに投げつけてきた。

「ロォムの小娘、受けられるものなら受けてみろ!」

「決闘……?」

キアラは低くつぶやく。小さな声を、自信のなさのせいと考えたのか。バルカ伯は落ち着きを取り戻して「そうとも」と猫なで声を出す。

「決闘で決めようじゃないか。儂が勝てば、ドーソンを解放し、ロォムが水路の工事費用を全額と十年間の使用料、そして今回の騒動への慰謝料を払う。おまえが勝てば、こちらが捕らえている者を全員解放し、バルカが即刻水路を元通りに復旧させる。――どうだ?」

決闘は、ひと昔前までは細身の剣で行われていたが、今はピストルが主流である。向かい合う形で離れて立ち、介添え人の合図とともに同時に撃ち合う。よって女性にも不可能ではない。——ほとんど前例はないが。

「怖ければ無理をするな。お嬢ちゃん」

歪んだ笑みを浮かべての言に、キアラはまっすぐ応じた。

「それだけですか？」

「何だと？」

「そちらが勝ったらロォムは慰謝料を支払うのに、こちらが勝っても慰謝料はなし？」

「何が望みだ」

尊大な問いに、キアラもまた腕組みをして返す。

「こちらが勝ったら、水路の監督権を全面的にロォムに譲渡し、災害などで被害が生じた際にはロォムの人員がバルカ領内で作業する権利を認めること」

そうすれば今後灌漑《かんがい》施設に何か起きた時にも、いちいちバルカに断りを入れず勝手に直すことができる。

キアラの案にバルカ伯は声を立てて笑った。

「儂としたことが。ロォムが勝つ可能性なんか毛ほども考えてなかったせいで、女領主がおかんむりだ」

取り巻きの喝采を受けながら、彼はニヤリと口の端を持ち上げる。

「いいだろう。その代わり殺されても文句を言うなよ、お嬢ちゃん」

「わかりました。決闘をお受けします」

ロォムの兵士たちがざわりとした。

「キアラ様……!?」

ルシウスも驚いた様子で「本気?」と訊ねてくる。キアラはうなずいた。

「ええ、よく考えれば理想的な解決法だわ。軍同士が衝突すれば犠牲がたくさん出るけれど、この方法なら、私か彼のどちらかが死ぬだけですむもの」

「よく言った! 幸いそこに広場がある。今すぐ小娘の思い上がりに引導を渡してやろう!」

バルカ伯が意気揚々と宣言する。

言葉の通り集会所の前は広場であったため、皆でそこに出た。

バルカ伯の指示でピストルが二丁用意され、互いに試射をして問題がないことを確かめた後、バルカ伯とキアラが受け取る――はずだったが、試射をしたルシウスが進み出る。

「妻の代わりに僕が決闘をする」

キアラは大きく首を横に振った。

「何を言うの、ルシウス!?」

「言葉の通りだ。伴侶の命が危険にさらされるのを、指をくわえて見ているわけにはいかない。僕の名誉にかかわる」

「ダメよ! 絶対にダメ。これは私の問題よ」

「僕らはもう運命共同体じゃないか。君の大切なものは僕にとっても大切だ。全力で守る」

「ルシウス……」

不安と共に見上げるキアラを優しく見下ろした後、彼はつと、冷たい一瞥をバルカ伯にくれる。

「それに彼も、女性に勝ったところで威張れるわけでもない。男の僕が相手のほうがうれしいはずだ。そうだろう？」

何やら含みのある問いだ。憎々しげににらみながらも、バルカ伯はうめいた。

「だが……王子に何かあっては反逆罪に問われかねん」

「そんなみっともない真似はしない。何なら一筆書いておこう」

「確かだろうな？」

「もちろん」

「みんな聞いたな？」

バルカ伯は俄然やる気になったようだ。周囲を見まわしてわざとらしく声を張り上げる。

「ならばかまわん。王宮育ちの王子様がピストルの撃ち方を知っていればいいのだが！」

追従の笑い声が起きる。一方キアラは不安に胸をつかまれた。ルシウスは仮にも王軍の将である。キアラよりは銃の扱いに慣れているはずだが、どうなのか。万一のことがあっては永遠に彼を失うことになる。

「ルシウス――」

決闘の位置につく前、キアラはルシウスの元へ走り寄った。

「決闘の経験はあるの？　やり方はわかる？」

縋るような顔で振り仰ぐキアラの頬を、彼は穏やかな眼差しでそっとなでてくる。

「……君に心配させたくないから、その質問には後で答えよう」

キアラはたまらなくなって彼を抱擁した。不安に震えているのが伝わらないよう、強く抱きしめる。

「ちゃんと答えを教えに戻ってきて。約束よ」

「うん」

「破ったら離婚ですからね」

「それは応じかねる」

「なら約束を守って。絶対に死なないで。あなたが死んだら、私はあなたのことなんか忘れて、すぐ他の人と幸せになりますからね」

「それは止めたほうがいい。僕が死んだら君の守護霊になるつもりだから。僕以外の男と結ばれそうになったら、その男たちを残らず呪い殺すよ」

「それ守護霊って言わない……」

ルシウスが笑った。ロォムの兵士がキアラを迎えに来る。と、彼はしがみつくキアラの肩をそっと押しやる。

「さぁ。危ないからさがってて」

促されるまま他の見物人がいる場所まで下がったキアラは、最前列で祈るように両手を組んだ。

互いに離れた場所に立って向かい合うバルカ伯とルシウスの間で、介添え人が一度手を打つ。それと共に両者がピストルを持ち上げる。介添え人がもう一度手を打つと、銃口を相手に向けて狙いを定める。そして三度目の合図と共に、同時に引き金を引く――はずだった。だが。

三度目の合図を待たずに銃声が上がった。バルカ伯が引き金を引いたのだ。反則である。

「ルシウス！」

キアラは悲鳴を上げるが、ルシウスは相手の行為を読んでいたようだ。絶妙なタイミングで半身を引いた後、落ち着いて引き金を引く。結果、うめき声を上げたのはバルカ伯のほうだった。

彼は右肩を押さえている。そこからは血が滴るほどに流れ、右腕がだらりと垂れていた。

一方ルシウスは無傷のようだ。うっすら微笑んで言い放つ。

「悪あがきとしては典型的だな。悪いけど慣れてる」

介添え人がルシウスの勝利を高らかに宣言した。ロォム側から歓声が起きる。

だがその時、バルカ伯がうなり声を上げてルシウスに突進した。バルカ側の男たちもあっけにとられて見守る中、バルカ伯は怪我をしていない左手で、ルシウスの襟もとをつかむ。

「貴様！　許さんぞ！　うちの娘婿をどこへやった⁉」

（何の話？）

　キアラとロォムの兵士たちが戸惑う中、バルカの男たちが走って二人の周りに集まり、領主を羽交い締めにして王子から引き離した。それでもバルカ伯は口角泡を飛ばして怒鳴る。

「強くて立派な男だった！　バルカに必要な男だったのに！」

　一方ルシウスは軽蔑も露わに応じた。

「何のことやら」

「あいつはある日突然、姿を消したんだ！　その前から王軍の兵士が山をうろついていた！　おまえたちの仕業だ！　そうだろう⁉」

「言っただろう。何のことかわからない」

「しらばっくれるな！」

　男たちに羽交い締めにされながら声を張り上げるバルカ伯を、ルシウスは冷ややかに見据える。

「おまえの娘婿には捕縛の王命が出ていたはずだが、まさかおまえの城に隠れていたのか？」

「――――」

口を開こうとした相手に、彼はひときわ冷淡に告げた。

「もしそうだとしたら反逆罪だ」

その瞬間、バルカ伯は凍りついたように動きを止める。そして青ざめた顔でもごもごと言った。

「……娘婿は、十年前に王都に行ったきり、戻ってきていない……」

それきり大人しくなったため、男たちは彼を解放する。

戻ってきたルシウスを、キアラは首をかしげて迎えた。

「一体何の話？」

「人の耳をはばかる話。それより、勝ったんだ。褒めてよ！」

少し前までの冷たい顔が嘘のように、彼は破顔して両手を広げる。キアラは控えめに彼を抱きしめ、すぐに離れようとした。しかしルシウスの長い腕がそれを許さない。

キアラの髪に顔をうずめ、彼はつぶやく。

「ロォムと君の役に立ててうれしい」

健気な言葉についほだされ、キアラは彼に身をまかせた。

「生きて戻ってきてくれてよかった。本当に心配したのよ」

「うん、でも大丈夫。敵が多かったからね。決闘は今までに三十三回経験した。もちろん三十三勝」

「なんですって!?」

キアラは身を離して彼の胸をたたく。

「どうして前もって言わないのよ!?」

「キアラに心配されたくて」

「なっ……」

「僕を心配そうに見つめて、必死に祈る様子の君を見られて幸せだった。しみじみ愛されていると感じた」

「ふざけないで！　どれだけ心配したと思ってるの!?」

キアラは怒っているというのに、ルシウスはにこにこと、それはそれは嬉しそうな満面の笑みで答える。

「うれしいよ。君がそんなに僕を愛してくれていたなんて」

浮かれた口調に腹が立つ。キアラは腕を突っ張って抱擁から抜け出そうとする。

「もう離婚よ！」

「悪いが応じかねる」

逃げようと無駄な努力をする妻を、ルシウスはむぎゅっと力強く抱きしめてきた。


ロォム伯の城に帰ったキアラは、執務室に入って人払いをするや、いの一番にルシウスに詰め寄った。

「で？　ひそかにバルカをうろついて、あなたの近衛は何をしていたの？」

が、彼はすました顔で笑うばかり。

「言っただろう。ブドウ畑に適した土地を探していたんだよ」

「嘘おっしゃい！　問題でも起きたらどうするつもりだったの？」

「僕の近衛にそんな間抜けはいない」

そう言いながらも、彼はバルカ伯の乱心の真相を話した。

「簡単に言うと、ロォムの銀山の所有権と引き換えに、バルカ伯の城に隠れていた娘婿を拉致して王都へ送ったんだ」

「え？　どういうこと？」

なぜそのふたつが引き換えになるのか。キアラの常識ではまったく理解できない。

説明によるとこうだ。

莫大な利益を約束する銀山を、国王が――正確には政治の実権をにぎる王太子シベリウスが手放すはずもなく、当初ルシウスによる所有権の奪回は、国王側の代表の首に剣を突きつけて書類に署名させるという、かなり強引な手段だったという。

当然王都にいるシベリウスは激怒したものの、遠い山の彼方で弟と事を構えるなど、人的損失を考えてもバカバカしかったことと、ルシウスがとある「贈り物」を献上したことから、なしくずし的に承認の運びとなったらしい。

その「贈り物」こそバルカ伯の娘婿だったわけだ。

「どうして？」

「僕らが子供の頃、貴族たちに虐待されていた話は知っていると思うけど、バルカ伯の娘婿は、サディストで有名なとある侯爵の子分だった。侯爵が、幽閉された塔の中で夜な夜な僕らをいたぶるのを、横で見ていた取り巻きの一人だ」

「――――……」

「あの頃、僕は損得を計算して抵抗を最小限にとどめていた。でも僕よりプライドが高くて鼻っ柱の強いシベリウスは、なかなか言うことを聞かなかったから、侯爵の嗜虐《しぎゃく》心を大いにかきたてた」

最終的に自らの汚物の中に這いつくばり、泣いて許しを請うことになったシベリウスを、侯爵の取り巻きたちは笑って眺めていた。もちろんシベリウスは数年後にその侯爵を惨殺した。取り巻きも一人残らず殺していったが、バルカ伯の娘婿だけは逃亡し、行方をくらましたのである。王太子となったシベリウスは、その男を見つけ次第逮捕するようふれを出したが、一向に見つからなかった。

ルシウスは彼が義理の父親であるバルカ伯を頼ったと考え、配下の者に探らせた。するとバルカ伯所有の屋敷に隠れていることが判明したため、捕まえて王都へ送ったという。

「誇り高いシベリウスにとって、自分の魂の死とも言える過去を知る人間の身柄は、銀山を失った怒りをなだめるだけの価値があったというわけさ」

「そうだったの……」

逆にバルカ伯は、お尋ね者をかくまっていたとも言えず、泣き寝入りをするしかなかった。

いずれにせよ胸が悪くなる話である。思いがけず垣間見たルシウスの過去と、その後の報復の凄惨さに言葉を失いながらも、キアラはふとあることに気づく。

「ん？　……ということはつまり、この三か月バルカ伯がロォムに対してやたら険悪な態度だったのは、女伯爵がどうのというより――」

「どちらかというと僕のせいかもしれないね」

さらりと笑顔で返され、キアラは思わず声を張り上げる。

「『かもしれないね』じゃないでしょう!?」

まちがいなくルシウスの件のほうが直接的な原因だろう。三か月間の苦労を思い出して頭が痛くなる。

だが、この国の最高権力者の片割れである王子は、例によってまったく悪びれない。

「ロォムに銀山を取り返して、キアラに僕を見直してもらうために、どうしても必要だったんだ。やらない理由はないよ。バルカ伯は以前からキアラに対して差別的だったし、ざまぁみろとしか」

言葉のひどさとは裏腹に、こちらを見下ろす笑顔は天使のように美しい。

「僕にとってキアラの評価を得るのは、愛を得るのに次いで大事だからね！」

ぎゅっと抱きしめられ、重い愛に溺れそうになる。だがその感覚は決してきらいではなく——キアラはせめてもの抵抗で、せいいっぱい厳めしく苦言を呈した。
「せめて情報共有はしてちょうだい！」

⚜

ノックスと仲間の警備兵たちは約束通り解放され、無事にロォムに帰ってきた。彼らは帰宅するよりも先に城を訪ねてきて、キアラの前で深々と頭を下げた。

「生きて帰ってこられたのはロォム伯のおかげです！」

また、決闘を持ち出された際にキアラが動じることなく受けた話や、銅貨一枚も払うことなくバルカに工事を約束させた話などが広まったおかげで、これまでキアラを弱腰だと非難していた領民たちからも「うちの領主もなかなかやるじゃないか」という意見が出てきた。

「僕が言った通りだろう？　君はまちがっていない。いつかきっとみんな理解するって」

至極当然とばかりのルシウスの言葉を、キアラは静かな感動と共に受け止める。

そして月が改まり、キアラは二十歳の誕生日を迎えることになった。

誕生日を三日後に控えた夜、遅くにキアラが自室に戻ると、いつものようにルシウスが待っていた。

彼だけでなく、先に帰宅したはずのマグライドとフレイアの父娘《おやこ》もいる。フレイアは、キアラが領主に就任したばかりの頃はこの城で暮らし、私的な時間はずっと傍について支えてくれていたが、半年ほどで実家に戻った。「もう必要なさそうだから」との理由である。おそらく夜にルシウスがキアラの部屋を訪ねてくるようになり、気を使ったのだろう。

そのフレイアとマグライドが、こんな遅い時間に何の用なのか。キアラが訊ねようとした時、立って迎えたルシウスが言った。

「彼らは証人だ。立ち会ってほしいと僕が頼んだ」

二人はキアラに向けて微笑み交じりにうなずく。

「証人って？」

訊き返すキアラの右手を取り、ルシウスはおもむろに膝をついた。

「僕と結婚式を挙げ、今度こそ本当の夫婦になってくれますか？」

「――……!?」

突然の改まったプロポーズに息をのむ。

振り仰ぎ、まっすぐに見つめてくるルシウスは、いまやキアラにとってなくてはならない相手だ。

また先日の一件を思い返せば、彼はキアラのためのみならず、ロォムのためにも命をかけてくれた。領主の伴侶として、これ以上ふさわしい相手がいるだろうか？　国王に奪われた銀山を平和的に取り戻したことといい、彼がいれば、中央との摩擦も最小限にとどめられる。

彼との結婚は、ロォムにとっても最善の道だ。

キアラは「はい」とうなずき、立ち上がったルシウスと抱擁を交わす。マグライドとフレイアがほほ笑んで見守る中、彼はこの上なく嬉しそうに言った。

「僕は君と結ばれるためにここに来た」

けれど彼の瞳にはどこか底の読めない翳《かげ》がある。彼の本性がキアラにはつかめない。甘い言葉も、キアラを最優先する態度もすべて、この瞬間のため。それはまちがいないだろう。ただ――。

領主としての意識にはまだ冷静な部分が残る。

国王から無情な要求が来た場合、彼は果たしてキアラの味方をするだろうか？　夫婦として結ばれ、いよいよ逃げられなくなった瞬間に態度を豹変させるようなことにならないだろうか。ロォム領主の夫の立場を得て、キアラの心を奪ったのはこのためだったと言い出しはしないか。豊かなロォムを今度こそ王家のものにせんと、父や兄に協力しはしないか。

ハルス山には今、完成した王軍の要塞がそびえている。その事実が意識の片隅で常に警告を発していた。我を忘れて溺れれば、いずれ後悔することになるかもしれない。ルシウスと長いキスを交わしながらも、キアラの中からはそんな懸念が拭えなかった。

プロポーズの後、マグライドとフレイアは退出し、私室の居間でキアラはルシウスと二人きりになった。

ソファに並んで腰を下ろし、互いに抱擁しつつ、深いキスを飽きずに交わす。プロポーズが滞りなく成功したせいか、ルシウスはいつにも増して機嫌がいいようだ。キアラを深い官能に引き込もうとするキスから伝わってくる。

長いキスが終わる頃には、キアラはすっかり身体から力が抜けてしまっていた。「何か飲む？」と訊ねてくるルシウスを、とろんと見上げる。

「今日はいらない」

キスに昂った身体が熱い。ルシウスも目尻を上気させて見つめてくる。言葉にせずとも互いに相手を欲しているのが伝わってきた。再びくちびるが重なる。際限なく舌を絡め合う官能が、下腹の奥をたまらなく疼かせてくる。

ふいに敏感になった胸をまさぐられ、キアラはキスをしながら息をのんだ。ドレス越しにとはいえ、硬くなった先端を指先でくすぐられ、「ふんぅ……」と甘えた声が漏れてしまう。

ルシウスは顔を離し、青灰色《せいかいしょく》の瞳に期待をにじませてささやいた。

「直接さわっていい？」

「……ええ……」

うなずくキアラに目元をほころばせると、彼は広く開いた胸元に小さく口づけながらドレスを脱がしてくる。果実の皮をむくようにボディスやコルセットをひとつひとつ取り除いていき、キアラの上半身を開放してしまう。こういう時の彼は驚くほど器用だ。

露わになった胸をまじまじと見られ、赤く染まった顔を背けた。キアラの胸は大きいほうだ。異性に関心があるわけでもない身としては恥ずかしいかぎりである。

しかしルシウスは食い入るように見つめてきた。

「きれいだ……」

彼と再会した頃にはここまで大きくなかったと思う。彼に戯れに揉まれるようになり、その感覚に浸っている間に、気づけば育ってしまったのだ。

「あんまり見ないで」

「無理だよ」

彼はそっと直に手でふれてきた。

「あ……」

豊かなふくらみが彼の手によって形を変える様が目に入り、キアラは息を詰める。手のひらの感触も、服の上からさわられるのとは全然ちがう。ドキドキしすぎて訳が分からない。恥ずかしいのに、もっとさわってほしいと感じてしまう。

色づいた部分に指先がふれ、きゅっとつままれれば、甘い愉悦が弾けて身体がひとりでに震えた。

「はぁっ……」

切なく吐息を漏らした、次の瞬間。

「ダメだ――」

ルシウスは勢いよく起き上がり、自分を引き離すようにしてソファに座り直した。天井を仰いで目頭に手を置く。

「ほんのちょっとのつもりだったのに。目の毒すぎてくらくらする……！」

何やら我慢をしているようだ。キアラはといえば、彼がもたらす甘い感覚の先を知りたい気持ちが尾を引いていた。欲求に引っ張られるように、のそのそと身を起こし、彼の肩に額を押しつけると、顔が見えないようにしてささやく。

「……もうちょっと進んでも、いいわよ」

きっと耳まで赤くなっているにちがいない。自分でも信じられない。

（私がルシウスにこんなことを言うなんて！）

いちおう、夫婦になったら何をするのかフレイアから聞いている。最終的な行為だけで、途中どんな過程があるのかまでは定かではないものの、どうせ三日後には誕生日兼結婚式だ。彼が思う通りにしてくれてかまわない。

そんな思いで羞恥に耐えていると、頭の上でルシウスが「夢？」とつぶやくのが聞こえた。

「お酒の入っていないキアラが僕にそんなことを言うなんて……きっと夢にちがいない」

「どうしてよ」

真っ赤に染まったふくれっ面を、彼は指ですくうように持ち上げる。目を細めて見つめられ、ますます頬が火照る。

「うそうそ。信じられないくらい嬉しいってこと」

そう言うと、彼はキアラを自分の膝に乗せ、後ろから抱擁するように手をまわしてきた。

「もうちょっとだけ、ですむように細心の注意を払うから、君もあんまり煽ってこないでね」

「何よそれ――あっ……」

ルシウスの手が胸を包み、揉みしだく。先ほどよりも強く、力を込めて捏ねられる感覚に息が上がった。ハァハァと呼吸を乱すキアラのうなじに、彼は情熱をこめて口づけてくる。敏感な首筋にも熱いキスをくり返し、時折甘く歯をたててくる。

「あっ、ぁっ……」

「ここ、こりっとしてて、かわいい……」

胸の先端をくりくりとつまみ出され、湧きあがる歓びにキアラは頤《おとがい》を上げて身を震わせた。

「はぁ、……ぁぁン……！」

反応を受けて、彼の右手が、まだ脱げていなかったドレスのスカートの裾に差し込まれてくる。形をたどるように膝をなでた後、意味ありげに、いやらしく内股に手を這わせてくる。

「あっ、いや、くすぐったい……」

柔らかさを味わうような手のひらの感触にわななき、キアラは思わず身をよじった。ひどく敏感な場所を焦らすようになでまわした手が、ついに脚のはざまに到達する。

ドロワースの上から指でひっかくように刺激され、上体がびくっびくっと跳ねる。

「あっ、……あぁ……っ」

「キアラ、これ好きだよね」

「あなたが、ぁンっ、……イタズラするから……っ」

「そう。僕が君にイタズラして、君はこれが好きになった。気持ちいい？」

耳にキスをしながら、彼の指が小刻みにそこを嬲《なぶ》る。

「あっ、ぁっ。んっ、ぁン……！」

性感を刺激され、気持ちよすぎるあまり腰が揺れてしまう。

「反応がかわいい。もっと感じて。声も出して」

「声って……ぁっ、ぁ、そんな、あぁ……！」

ひときわ鋭い歓びが弾け、手のひらを大腿が強くはさんだ。ハァ、と彼の熱い息遣いをうなじに感じる。彼も興奮しているのだ。ここまでは今までの「イタズラ」でも経験したことだった。キアラは彼のもたらす快感に翻弄されつつも、心地よい陶酔に浸る。

しかし今日、ルシウスはまた一歩先に進もうとした。ドロワーズの中にするりと手が忍び入ってくる。

「あっ……!?」

キアラは涙にぬれた鳶色の瞳を大きく瞠った。下着の中の、その部分を直にさわられたのだ。

「待って。そんな……、ダメ……っ」

キアラの動揺を楽しむかのように、ルシウスの指は割れ目をつぅっとなぞり上げた。

「あぁっ……！」

布越しにさわられるのと、直にさわられるのとでは、感触が全然ちがう。何か、ひどくいけないことをしているような心地に、高い声を張り上げる。恐ろしいほど愉悦をかき立ててくる指先から逃れようと、キアラは腰をくねらせた。と、お尻に何か硬くてびくびくと震えるものが当たる。

「え……？」

ルシウスの声が耳の傍でささやく。

「こっちに集中して」

割れ目の中にもぐりこんだ指先が、あまりにも感じすぎてしまうものをぬるぬると押しまわす。そのとたん、目の前が真っ白になった。痺れるような快感がつま先まで響く。

「あっ、あぁっ……！　いやっ、ダメ……！」

「大丈夫だから。まかせて」

「でも……っ」

「力を抜いて、僕の指を感じて」

そう言いながらも、指先はぬるぬると円を描くようにそこを転がす。そのたびにキアラは今までにない喜悦の際へ追い詰められてしまう。力を抜くなんて無理だ。こんなにも指の動きをはっきりと感じているのに。

「あっ、はぁっ、ぁっ、ダメ、ダメぇ……！」

腰の奥に淫らな熱が溜まり、下腹がきゅうっと切なく疼く。

首を左右に振って悶えるキアラに、ルシウスは押し殺した声で言った。

「怖くないよ。君にひどいことなんてしない。するはずがない。そうだろう？」

問われてこくこくと何度もうなずく。しかしその矢先、長い指が中に入ってくる感覚があり、キアラはまたしても啼いた。

「ぁっ!?　うそっ、なに……っ」

ぬぷぬぷと蜜口に沈んできた指が、探るように中をゆるゆると揺らす。

「あぁキアラの中、気持ちがいい……。指が溶けそう……」

しみじみとそんなことをつぶやきながら、ルシウスはキアラの中に埋めた指をちゅくちゅくと動かす。そもそも中ってどこなのか？　自分でも触れたことのない場所ゆえ、何が起きているのかわからない。あまりの事態にキアラの思考は完全に停止状態だ。

そうしている間にも外の突起をくりゅくりゅと転がされ、キアラは襲い来る快楽の波にあっという間に飲み込まれてしまう。

「はぁっ、ぁ、ぁぅ、ぁぁ……！」

小刻みに手指を揺さぶられるうち、ほどなくキアラは高く高く飛び立つような感覚に見舞われた。露わになった胸を突き出して背筋をしならせる。

目の前がちかちかする。こんなのは初めてだ。今のは何だったのか。

ぼんやりと天井にある小ぶりのシャンデリアを見上げていたキアラは、ややあって何やらすっきりしていることに気づいた。

毎晩ルシウスにイタズラされるたび、もったりとした甘苦しい官能が身体の中に渦巻いた。それはベッドに入ってからもなかなか治まらず、悶々とキアラを悩ませた。その感覚が今は解消している。

「今の……何……？」

荒い息の中で問うキアラを、ルシウスはぎゅっと抱きしめつつ、「快楽の頂点だ」と返してくる。

「頂点……」

愉悦にしびれた手をもたもたと持ち上げてドレスの胸元を直し、キアラは充足感とともにルシウスにもたれかかった。彼は頬を上気させ、顔をのぞきこんでくる。

「気に入った？」

「変なこと訊かないで……っ」

赤くなるキアラに笑い、ちゅっと頬にキスをしてから、彼はねだるように言った。

「結婚式の後は一週間くらい休みを取ってくれる？」

「どうして？」

「キアラとずぅっとコレをして過ごしたいから」

「ずっと？」

「そう、ずっと。あちこちいじって、いいところを探して、お互いうんと気持ちよくなれるまでイチャイチャしたい」

赤裸々な要求に、キアラは「でも仕事が……」ともごもごと応じる。先ほどの体験はあまりに衝撃的すぎて、何度もくり返せる自信がない。だがルシウスは力強く宣言した。

「新婚夫婦にだけ許された特権だ。僕は断固権利を行使する」

「特権って……」

「たとえ君が執務室に逃げ込んで籠城したとしても、迎えに行って寝室に連れ戻す」

「やめて、恥ずかしい」

彼の胸をたたいて抗議するも、彼は決然と続ける。

「皆の前で抱き上げて運び出す。心配ない。みんな温かく見送ってくれるはずだから。何しろ新婚だし」

自信たっぷりなルシウスの言葉を想像して頭がくらくらした。彼ならやりかねない。

キアラは降参する。

「わかったわ。休みを取るから。その代わりきっかり一週間よ」

「どうにも離れがたかったら延長もありうるかも」

「約束を守らない人とは離婚するわ」

きりりと言ったキアラを、ルシウスはむぎゅっと抱きしめた。

「それは応じかねる」

# 第五章

だがしかし、結婚式の前日。蜜月に突入するはずだった二人の間に、思わぬ亀裂が生じる事態が起きた。

その日の午前中、執務中だったキアラのもとへフレイアが血相を変えて駆け込んできたのである。ひどく焦っている彼女をなだめて話を聞いたところ、二年前の叛乱を境に姿を消していたグラントが、王軍の兵士に捕らえられ、ハルス山の要塞に連行されてしまったという。

「グラントが……!?」

先のロォム伯と共に軍を統率していた彼は、叛乱の後も領内に身を潜めていたが、今朝方ヴェルフェンの路地裏を歩いているところを運悪く見つかってしまったという。

「お願い、キアラ。叛乱以降、彼は国王に逆らうようなことは何もしていないわ。ただ息をひそめて暮らしていただけ。後生だから助けてちょうだい!」

フレイアは縋るようにして必死に訴えてきた。

彼女によるとグラントはこの二年間、僻地《へきち》にあるロォム軍の砦や有力者の屋敷に身を潜めつつ、兵の鍛錬や街道の警備に協力して暮らしていたらしい。そして数か月に一度の頻度でヴェルフェンにやってきては、ロォム内の様々な情報を集めていたという。

「そう……」

初耳だったが驚きはない。薄々そうではないかと考えていた。

ロォム伯爵家の遠縁に生まれ、この地を愛し、統治する側の人間として生きてきた彼が、簡単に故郷を去るとは考えにくい。また彼はロォム軍の将として領民の絶対的な信頼と尊敬を受けていた。どこに逃げ込んでも歓迎され、かくまってもらえたはずだ。

そして――フレイアははっきりと言わなかったが、グラントがしばしばヴェルフェンを訪れていたのは、恋人である彼女に会うためだったのではないか。

キアラは彼女の手を取り、力強く請け負った。

「安心して、フレイア。彼は必ず助けるわ」

元々キアラは、グラントが見つかったら領主の権限で公務に復帰させるつもりでいた。父亡き今、再びロォム軍を率いてもらいたいという現実的な思惑もある。

キアラは仕事を中断して城を後にし、愛馬を駆ってハルス山にある王軍の要塞に向かった。

二年前の叛乱の後、休戦協定を盾に王軍が建設を強行したばかりか、ロォム側に労働力となる男たちを提供するよう迫ってきた因縁の砦である。当時のことを思い出し、キアラはくちびるを引き結ぶ。

幸い、ルシウスにしばらく訴え続けた結果、領民を役夫として働かせる命令は撤回してもらえた。しかし建設が中止されることはなかった。そして最近ついに完成したと聞いた。

近づくにつれて、人の胸の高さほどの防塁に囲まれた、物々しい要塞が見えてくる。

無骨な石の建物は、そう大きなものではない。だがハルス山の頂と一体化したかのような造りである。元々物見櫓《やぐら》が置かれていただけあって、周囲は開けており視界がいい。つまり攻めてくる敵を高所からつぶさに見渡すことができる。逆に攻める側にとっては厄介な要塞だろう。

昼間であるためか表門は開いていた。キアラは騎馬のまま中まで入っていく。

「私はロォム伯です。ルシウス王子は？」

要塞にいた王軍の兵士に訊ねると、二階にいるとの答えだった。

ルシウスは普段、ほとんどの時間をキアラの傍で過ごす。しかしどうしても仕事がある時のみ、渋々姿を消す。姿が見えない間どこにいるかは知らない。が、どうにか行き違いにならずにすんだようだ。

建物の中に入っていくと、一階にある広間兼食堂のテーブルで、彼はユーゼフを始めとする複数の兵士に囲まれて話をしていた。

案内されたキアラを目にするや、彼はめずらしく青灰色《せいかいしょく》の瞳を真ん丸にして驚く。それから破顔した。

「まさか君が僕を訪ねてくれるなんて！　うれしいな」

ユーゼフが、すぐさま兵士らを引き連れて去っていく。二人だけになるとルシウスは椅子を勧めてきた。

「何だろう？　結婚式のことかな？」

「グラントのことよ」

「え？」

キアラは立ったまま、テーブルに手を置いて身を乗り出す。

「二年前の叛乱で、私の父と共にロォム軍を率いて戦ったグラント・ダスカス。今朝捕まってここに連行されたと聞いたけど」

「あぁ……」

彼は顔をしかめた。

「そいつのせいで余計な仕事が増えた。本当なら今日は、結婚式に向けて色々と最終的な確認をしきゃならなかったっていうのに」

「彼をどうするつもり？」

「どうするって……」

「聞いて。グラントは私の大切な人よ。ひどいことはしないでほしいの」

キアラは心を込めて訴えた。しかしその瞬間、それまでどこか投げやりだったルシウスの空気が一変する。何かを警戒するような、ひどく冷たい眼差しになり、彼はことさらゆったりと脚を組んだ。

「……へぇ」

テーブルに頬杖をついて見上げてくる相手に、キアラはグラントがどれだけ信用に値する人間かを伝えようと試みる。叛乱の中心人物だったとはいえ、彼はただの罪人ではない。

「彼は父の呼びかけに呼応して、ロォムのために戦っただけ。実際はとても優しくて、皆に慕われている人なの。本当よ。彼のことならよく知っているからまちがいないわ」

武人としての勇猛な一面にはふれず、あくまで良識的な人間である点を強調する。ルシウスは探るように小首をかしげた。

「よく知ってるって、どのくらい？」

「嘘じゃないわ。本当に親しいのよ。小さい頃から一緒に育って家族も同然だし、私が王都から帰ってきて、みんなが私を国王側に取り込まれた子供だって遠巻きにしてきた時にも、彼だけは率先して親身に接してくれた。それだけじゃない。父は、本当は私と彼を結婚させて、彼にロォム伯を継がせようと考えていたの。婚約していたこともあるわ。ごく短い間だったけど」

「なんだって!?」

ルシウスが血相を変える。いけない。グラントが爵位を望んでいるような誤解を与えるべきではない。

キアラはあわてて両手を振った。

「でも彼は、私が跡を継ぐのが筋だって父を説得してくれた。そして私が伯爵となるためにどれだけ努力しているかを、いつも父にそれとなく話してくれていた。わかるでしょう？　父が戦死したとき、グラントはその気になれば私を押しのけて新しい伯爵を名乗ることもできた。領民たちもそれを受け入れたはず。でも彼はそうしなかった。あくまで私が新しい伯爵だと言い、臣下として振る舞ってくれた。そのくらい公正な人なの。私が王軍に降伏すると決めた時も、反対はしたものの最終的には命令に従って投降したし――」

話しているうちに当時のことを思い出し、涙が浮かんでくる。グラントは全力で降伏に反対していた。わざわざ戦場から馬を飛ばしてキアラのもとにやってきて、自分たちはまだやれると強硬に主張し、考え直すよう説得してきた。けれどキアラが考えを変えなかったため、自分を殺して命令に従ったのだ。

その結果、彼は追われる身となり、恋人のフレイアと自由に会うことすらできなくなった。

涙がこぼれそうになるのをこらえ、キアラはルシウスを見つめる。

「とても優しくて高潔な、立派な人なの。お願い、彼を解放して」

うるんだ目でルシウスを見つめ、今までで一番と言ってもいいほど力を込めて懇願する。どれだけ真剣か伝わっているだろうに、彼は冷然と言い放った。

「無理だな。その要求には応じられない」

「ルシウス！」

席を立って立ち去ろうとした彼の腕をつかみ、キアラはさらに言い募る。

「グラントは私の恩人で、信用できる人間だわ。きっとこの先も献身的に尽くしてくれるはず。私には彼が必要なの」

「グラント・ダスカスは二年前の叛乱において中心的な役割を担った叛逆者だ。無罪放免などありえない」

「それは私の父に命じられたから――」

「彼は国王の敵だ！」

どなる彼の前にまわりこみ、キアラは険しい顔で見上げた。

「それを言うなら私もよ」

「ちがうね。君は父親の跡を継いですぐに降伏した。国王は君を手を組むにふさわしい相手と判断した」

「仕方なく従っているだけよ！　心の底では王家の支配なんか受け入れていない」

限りなく本音に近い感情を吐き捨てる。売り言葉に買い言葉の発言だったが、周囲で様子をうかがっていた王軍の兵士がざわりとする。ルシウスは腕を組み、高みから傲然《ごうぜん》と見下ろしてきた。

「とにかく。グラント・ダスカスには、この国の平和を乱した責任を取ってもらわなければならない」

「どうするつもり？」

「よくて絞首刑。悪ければ十日間拷問した上で絞首刑。——でも君の知り合いだというのなら、三日に減らしてあげる。結婚式の恩赦だ」

あろうことか彼はくちびるに仄《ほの》かな笑みさえ浮かべている。

こんなにも必死に頼んでいるというのに、まったく取り合ってもらえない様は、まるで氷の壁をひっかいてでもいるかのよう。

「……最低ね。見損なったわ」

ややあってキアラはそうつぶやく。やはり自分たちの関係は対等とはほど遠く、すべては彼の判断の上で成り立つかりそめの和平に過ぎない。そう理解するのに充分な苦い沈黙がその場におりた。


せめて一目だけでも会わせてほしいと頼んだものの、それすら拒否され、キアラは怒り心頭に発していた。

「本当に！　何なの!?　あのわからず屋!!」

怒りのまま、足音も高くルシウスの前から立ち去ったのが、午後のこと。

その後、近隣の村に立ち寄り、村長の家で、グラントを支援していると予想される有力者に現状を説明する手紙を書いた。さらに水と、肉や野菜を煮込んだシチューを少し分けてもらい、キアラは日が暮れる頃になって再び要塞を訪ねた。

ルシウスは毎日その時間には領主の城に戻っているためだ。

案の定、要塞に彼は不在だった。胸をなで下ろしつつ、キアラは囚人の待遇を視察すると言い張って半ば強引に地下に押し入っていく。王軍兵士は強固に拒否してきたものの、王子の妻であるキアラを強引に阻むこともできず、後ろからついてくるだけだった。

そうして赴いた地下牢では、さんざんに鞭打たれたグラントの痛々しい姿を目にした。それでもキアラに気づいた彼は、心配をかけたことを詫びてきた。

食料を差し入れながら、キアラは悔しさをかみしめる。ただロォムのために尽くした彼が、こんな目に遭っていいはずがない。必ず助けてみせる。改めて固くそう誓う。

作戦を考えながら、ひとまずキアラはその日、自分の城には戻らず、ヴェルフェンの街にあるマグライドの屋敷に向かった。そして要塞で目にしたことをフレイアに報告する。

「牢に入れられていたけれど、元気そうだったわ。私が差し入れたものも食べていたし……」

言葉を選び、なるべく控えめに伝えたつもりだ。それでもフレイアの目には涙がにじむ。

「怪我はしていなかった？　仲間について訊かれたとしても、彼は答えないでしょうから、ひどい目に遭っていないか心配だわ……」

「心配しないで――というのは無理よね。でもあまり心配し過ぎないで……」

彼女を抱きしめながら、キアラは己の無力さに歯噛みする。

ちなみにマグライドは、帰り際に城でルシウスを見かけたそうだ。彼はせっかく捕まえたグラントを決して許さないと息巻いていたという。最悪だ。

（やっぱりそうなのね――）

ルシウスは、王子としての責務と、キアラの都合や感情とを秤《はかり》にかけた場合、ほぼ躊躇なく前者を優先するのだ。毎日降るように愛の言葉をささやきながら、彼にとってキアラとの結婚は、やはり始めに政略ありきだった。そのことが今日、判明した。

（当然といえば当然のことなのに）

この世の何よりもキアラが大切だという言葉が、口説き文句にすぎなかったことにショックを受けている自分がいる。それが許せない。平気だと強がっていても感じてしまう。キアラはすでに彼に心を奪われている。この二年間、可能な限り傍にいて支えてくれた。他の人がキアラを軽んじ、批判している時にも、彼だけは常にキアラに味方し、間違っていないと言い続けてくれた。ありのままを肯定し、それでいいのだと背中を押してくれた。そのことにどれだけ救われていたか。

救われていただけではない。口にしたことはないが、キアラは彼を愛している。彼がこれまで通り、ずっと自分と一緒にいてくれることを心から願っている。今となっては失うなど考えられない。――たとえそれが、ロォムの利益に反するとしても。

（うそよ……！）

いつの間にか、キアラのほうが彼を好きになっていた。彼はキアラよりも父や兄を選ぶのに。キアラの信頼や尊敬を失っても、おそらく彼は痛手を受けないのだろうに。

キアラは今、その事実を知っただけでこんなに苦しんでいる。

彼と結婚できて幸せだと、昨日まで確かに信じていた。彼がキアラのことを考えてくれているように、キアラも彼の立場ごと彼を愛し、受け入れようと決めた。それなのにどうしてこんなことに……！

（いいえ。あきらめてはいけないわ）

グラントを絞首刑になんてさせない。まだ挙げていない結婚式を盾にとってでも阻止してみせる。けれど――それでもルシウスが自分の責務を遂行してしまった場合、どうすればいいのか。

キアラはどうしても答えを見つけることができなかった。

その日はマグライドの屋敷に泊めてもらい、フレイアの部屋で、共に失意と不安を抱えて眠る。

あくる日――本来であれば結婚式の当日。

強い決意と共に領主の城に戻ろうとしたキアラの元に、さらなる波乱の報せが飛び込んできた。

⚜

「何だこれは！　銃剣も弾薬も火薬も発注した量にまったく足りてないじゃないか！」

要塞の武器庫を目にしたルシウスはイライラと声を張り上げる。補給担当の事務官が弾かれたように直立する。

「は！　対応したルジェロ伯が仰るには、ロォム駐留部隊に大量の武器を供給する理由がないとのことで――」

「理由？　僕がそう判断したからだ！　ロォム軍が再び決起した場合、ここは最前線になる上にどうしたって孤立する。半年は補給がなくても戦い抜けるだけの準備をしておくのは当然だろう！」

「は！」

「軍用物資を横流しして小遣い稼ぎしていることを上に報告されたくなければ、王子からの注文くらいどんな手を使っても揃えろとルジェロ伯に言え！　次に確認した時に要求した量がそろっていなければ、おまえもクビだ！」

「はっ!!　必ずそろえます！」

「なら突っ立ってないで動け！」

苛立ったルシウスの指示に、事務官はばね仕掛けの人形のように飛び上がって走っていく。

言うまでもなく、昨日キアラが訪ねてきて以降、ルシウスの機嫌は最悪だった。

最初は彼女がわざわざ自分を訪ねてきてくれたことに感動した。間近に迫った結婚式で何かやりたいこと、あるいは足りない物でも思いついたのか――ルシウスが抜かりなく準備しているので足りない物などあり得ないが、自分の知らないところで何かキアラのこだわりのようなものがあったのかもしれない。

彼女は、結婚式は自分たちのためというよりも、領民へ、そして領の内外へ、ロォム伯の政治的な立場や財力を示すためのものなどと堅いことを言い、あまり自分の希望を言わないため、実のところ少々物足りなく感じていた。だからこそ意見を言ってもらえるのは嬉しかった。にもかかわらず！

そんな幸せな気分は、用件を聞いてすぐに吹き飛んだ。奈落の底に突き落とされたと言ってもいい。

（グラント・ダスカス。とんだ伏兵がいたものだ――）

正直に言えばキアラの顔を見るまで、ルシウスは彼に特別な関心を抱いていなかった。ロォム伯の遠縁にして、共に軍を束ねていた男。それだけだ。結婚式の準備の手を止めて、わざわざ対処を指示しに帰ってこなければならなかったのは面倒だったが、もはや過去の人間である。

キアラはこの二年で、夫が王子であるという事実を巧みに利用し、着実にロォムに富をもたらしてきた。始めは結婚に反対していた領民たちも、平和で豊かな生活という現実には逆らえず、いまや口を閉ざしている。

いくらグラントがロォムの領民の間で人望が厚いといっても、今の状況で人々を扇動し、叛乱の決起を促すのは難しい。そもそも取り調べによると、彼は潜伏していた間に抵抗活動をしていたふうでもなかった。ロォムの領民からいらぬ反感を買わないためにも、形だけ拘束し、結婚式の恩赦として放免にするのが妥当かと考えていたのだ。

だがしかし!!

『グラントは私の大切な人よ』

キアラはそう言い切った。いかにその男との縁が深いか、恩義を感じているかを切々と語った。彼女があれほど言葉を尽くして誰かを褒めるのなんて聞いたことがない。

(おまけに最初の婚約者だと!?)

そんな人間がいたなんて聞いていない。その後も『小さい頃から一緒に育って家族も同然だし、』『とても優しくて高潔な、立派な人なの』と聞き捨てならない発言が続いた。

大切な人なんて、ルシウスは言われたことがない。彼女にとっての「優しくて高潔な立派な人」なんて自分だけで充分だ。

鬱々とした憤怒に突き動かされるまま、死なない程度に鞭打ちを命じた。当然の報いだ。にもかかわらず、それが原因でさらにとんでもない事態が発生したことを、後で知らされた。

何とキアラはルシウスが留守にしている間に要塞に戻ってきて、無理やり地下牢に押し入り、鞭打たれたグラントを目にした。のみならず、あろうことか、鎖でつながれ手を使えないグラントに手ずから食事を与え、食べさせたという!

(彼女に食べさせてもらうなんて、僕だってされたことないのに!!)

その場面を想像してルシウスは嫉妬で焦げつきそうになった。もう殺すしかないと決意した瞬間である。二十三年生きてきて、これほどに強い殺意を覚えたのは初めてだ。

(グラント・ダスカスが生きている限り、キアラとあいつがばったり顔を合わせたりしないか、不安に苛まれ続けることになる……。不安は根元から断つべし……。根っこどころか細胞ひとつ残してなるものか……!)

だが簡単には死なせない。自分をこれほどまでに猛烈な嫉妬と不安で苦しめた男は、相応の報いを受けるべきだ。憤怒はとどまるところを知らず、抑えようとしても後から後から手に負えないほど湧き出してくる。

間抜けなことに、ルシウスは二人がそんな逢瀬をしているとも知らず、要塞を出た後はキアラの城でずっと彼女の帰りを待っていた。

キアラから異様に高い評価を受ける男を解き放ち、いわんや傍に近づけるなど言語道断。だが彼女の剣幕も相当のものだった。こんなことのために結婚式を挙げないなどと言い出されては目も当てられない。

(とにかく説得だ。何とか説得をするんだ)

二人の関係がどんな状態であろうと、明日の結婚式はロォムの未来をも左右する公式行事。取りやめは不可能。——ひたすら理屈を説いて、結婚式がいかに不可避かを理解してもらおう。

そんな切迫した思いで、ルシウスはいつものようにキアラの部屋で帰りを待っていたというのに。どんな言葉で迎えようか頭を悩ませ続けていたというのに。

昨夜、彼女は帰ってこなかった。

夜中に人を使って調べさせたところ、マグライドの屋敷に滞在し、フレイアと共に過ごしたらしい。それはホッとしたが、結婚して以来最大の夫婦の危機を迎えていることにちがいはない。

(それもこれも全部あの男のせいだ！　グラント・ダスカス、許すまじ!!)

「結婚式の朝だぞ……！」

頭を抱え、声を押し殺して叫ぶ。

白々と夜が明ける時間になってもキアラは帰ってこない。必死に全力で目を背けていた事実を、ここまでくるともう直視しないわけにいかない。

キアラはその男に気があるのでは。

領主としての責任感で、押しつけられたルシウスとの結婚を受け入れていた心が、グラントの名前を聞いて揺れているのでは。本当は――領主の立場さえなければ、彼と結婚したいと思っているのでは。

(僕との二年は、グラント・ダスカスとの一瞬にも及ばないって？　そんなことがあってたまるか！　いや、ありえないとは言えない。頭がおかしくなりそうだ……！)

頭をかきむしっていると、軍靴の足音が近づいてきた。ユーゼフだろう。昨日、要塞を去る際に命じたのだ。朝になったらグラントの状態を知らせに来いと。

「殿下――」

ノックをして部屋に入ってきた彼は、椅子に腰を下ろし、両膝に肘をついて頭を抱えるルシウスの姿を目にして、とまどったように足を止めた。だが「報告しろ」と低く促すと、踵《かかと》を合わせて敬礼する。

「ご報告申し上げます。グラント・ダスカスは昨日ご命令通り鞭打ちを行い、鎖につないで立たせたまま一晩過ごさせましたが、そのまま眠ったようで、今朝牢をのぞいた時には元気そうでした」

「しぶとくて何よりだ」

「キアラ様がいらして何やらお声がけされていたせいかと」

「――――」

さらりと報告された内容に目を剝く。

「何だって!?　いつ!?」

立ち上がってユーゼフの襟首を両手でつかみ、締め上げる。彼は苦しげに弁解した。

「よ、夜明け頃です……っ。てっきりご存じかと……っ」

(知っていたら行かせたはずがないだろう……!)

ルシウスはその言葉を飲み込んだ。言えない。昨夜、キアラが帰ってこなかったため言葉を交わしていないなど――それどころか顔も合わせていないなど、誰にも知られてなるものか！

哀れな側近を解放し、ルシウスは自分を抑えてつぶやいた。

「そういえば……朝、出かけたと言っていた気がするような……」

平静を保とうとした顔が引きつる。声が震える。目端の利くユーゼフは色々と察したようで、無表情で口をつぐみ、それ以上余計なことは何も言わなかった。それにすら腹が立つ。

ぐらぐらと煮え立つ感情を抱えながら、ルシウスは踵を返して城の玄関に向かった。もはや帰ってくるのを待っていられない。馬を飛ばして迎えに行こう。でなければ燃え立つ焦燥に焼かれて灰になってしまいそうだ。

それにしても自分はどこまで間抜けなのか。この城でキアラを待っている間に、グラントに二度までも彼女との密会を許していたとは！

（それで？　キアラはどう思った？　何を考えた？）

昨日から巣くっている不安の雲は厚みを増すばかり。嫌な予感がごうごうと身の内を吹き荒れる。

「馬をもて！」

玄関で怒鳴ると、ユーゼフが上着を差し出してきた。

「殿下、お寒うございます。これを――」

「寒いものか！　むしろ怒りで煮えくり返っている！」

「その恰好ではお風邪を召します」

「うるさい！」

上着を手に追いかけてくる側近に背を向け、玄関から出ようとした、その時。

「何を騒いでいる」

新しい声がその場に響く。ルシウスは足を止めた。

城の前庭で馬を降り、こちらに向けて歩いてきたのは、見るからに上等な旅装に身を包んだ男である。青灰色《せいかいしょく》の瞳、自分よりも少しだけ長い金の髪。鏡で映したように瓜二つの顔。背後に大勢の近衛兵を引き連れている、その男は。

「王太子が来たというのに迎えもなしか。ここの領主は噂にたがわぬ田舎者だな？　ルシウス」

「シベリウス……」

確かに、王都にいる兄にも結婚式の招待状を送った。だが返事は来なかった。一応席は用意したものの、まさか来るとは思わなかった。――否。

彼と、背後にいる近衛たちのまとう空気を目にして、ルシウスは眉根を寄せる。

「ずいぶん怖い顔をしているな。結婚式に参列しに来た顔じゃない」

軽口に、シベリウスは冷たく返してきた。

「結婚式は取りやめだ」

「……何だって？」

「招待客に使者を送れ。今日の開催はないと」

「断る」

「なら俺が送っておいてやる。来い、兄弟。話がある」

そう言うとシベリウスは勝手に城の中に入っていく。

一度言い出したら聞かない性格である。ずっと一緒に生きてきたルシウスは、誰よりもよく知っている。おまけに怒らせると厄介だ。少なくとも今は従っておくほうが賢明だろう。

今すぐにでもキアラに会いたい気持ちをため息と共に吐き出し、ルシウスは兄の後に続いた。


城の応接間に入るや、シベリウスは窓に近づき、そこを背に腕を組んだ。

「最近、馬鹿みたいな量の武器を要求したって？」

「まぁね」

「ルジェロ伯が一度横流しした武器を慌てて買い戻していた。他の要塞からいくらか徴収して持ってきてやったぞ」

兄の厚意にルシウスは「それはどうも」と短く応じた。シベリウスは瞳に冷ややかな光を浮かべる。

「この地で何か不穏な動きでもあるのか？」

「別に」

ソファに腰を下ろし、ルシウスは肩をすくめた。

「要塞が完成したんだ。装備を調えるのは当然だろう」

「キアラはどうした？　おまえの手紙では、水にぬれた衣服のように常にぴったり貼りついているとのことだったが」

「昨日は事情があって家臣の家に泊まった。そろそろ戻ると思うけど」

「事情？　ケンカか？」

言い当てられてカチンとする。ルシウスはそっけなく答えた。

「結婚式の前夜にひとつ屋根の下にいるなんて、僕が我慢しきれず暴走するかもしれないから、外で過ごしたほうがいいって僕が勧めたんだ」

「二年前、結婚を止めるよう急使を送ったのに無視したな？」

「まさか。あの使者は到着するのが三分遅かった」

シベリウスは深く嘆息した。

「昔っから妙に入れ込んでいると思ってはいたが、まさか再会したその日に結婚するとはな」

「おまえにはわからないよ」

シベリウスと自分は、見た目も性格も鏡を合わせたかのように同じである。二人の間に何か差があるとすれば、ただひとつ。キアラに対する感情のみ。

だがそれでよかった。シベリウスも彼女を愛していたらと考えると、血が流れる予感しかない。

「キアラは可愛い。キアラはいつも輝いてる。僕はもう、彼女がいなきゃ息もできない。この二年間、ずっとそう感じてきた。具体的には――」

「うるさい。髪の毛一本ほども興味ない」

惚気《のろけ》を一蹴され、ルシウスは晴れやかにほほ笑んだ。

「いずれ、髪の毛一本まで僕のものにする」

シベリウスの舌打ちが響く。

「俺の半身はどこに行ったんだ？　いかに相手を苦しめて殺すか共に知恵を絞り、手ずからそれを実行し、『人間じゃない』と罵倒されると喜んだ。兄たちの血で染めた衣を身にまとい、骨で作った首飾りを献上品として国王に謁見しようと言い出した、愛する俺の半身はどこに行った？」

「僕は変わってない。あの時のままだ。さんざん僕らを嬲りものにした連中が、やり返されたとたんに被害者ぶって泣き出したのは興醒めだったな。あげく救いを求めて祈り出すんだから、神も呆れていただろう」

まったくつまらない過去だ。ルシウスにとっては何の価値もない。だがシベリウスは、求めるものを見い出したかのように微笑みを浮かべた。

「王宮に戻ってこい、ルシウス。俺にはおまえが必要だ」

「僕にはキアラが必要だ」

「なら鎖につないで連れてこい」

「最終的にそれしか方法がないならともかく、今はまともな方法で手に入れる可能性があるから論外だ」

「キアラにはおまえを理解できない」

「そこがいいんだ」

互いに青灰色《せいかいしょく》の瞳で見つめ合う。キアラに関する限り、自分たちはまったく理解し合えない。話は平行線をたどるばかり。わかっているだろうに、兄はどうにも往生際が悪い。

「戻ってこい。二年も休暇を与えたんだ。もう充分だろう?」

「キアラと一緒にいる時間に充分なんてないよ」

「ルシウス!」

気づけばシベリウスは厳しい目線でこちらを見据えていた。

「聞き分けのないことを言うな。共に父上から『呪われた双子』と罵倒を受けた半身が恋しいんだ」

あらゆる形の虐待、裏切り、粛清。これ以上失望しようがないほど人の醜悪さを目の当たりにした八年間。

自分たちは同じように物を見て、同じように企み、陥れ、あたう限りの苦痛と絶望を敵に与えた。二人とも互いだけが味方で、それ以外に背中を預ける相手を持たなかった。だからこそ誰より強くあれたとも言える。

そういう意味では自分が生き残れたのはシベリウスのおかげだ。二年前まで自分たちは間違いなく互いに唯一の半身だった。

だがそれも今は昔。まばたきひとつで互いの意図を理解できた半身はもういない。必要なくなったからだ。ルシウスは幸せに向けて歩き出した。

だがシベリウスはまだ陰惨な過去の中にいる。そこから彼を引っ張り出す人間がいないせいだ。物欲しげにただ弟を見つめている。

「俺たちは一緒にいるしかないんだ！」

魂を振り絞るような訴えにもルシウスの心は微動だにしなかった。

湧き上がってくるのは憐れみでしかない。愛する人のいない人生なんて惨めで不幸だ。それはよく知っている。

ルシウスは兄を見つめた。

「君は僕そのもの。愛しているけど好きになれない」

「ルシウス！」

シベリウスは苛立たしげに窓を殴る。

「ほしいものは何でも与えよう。何をするも思いのままだ。キアラがほしければ、人質として連行し王宮で囲えばいい。ままごとは終わりだ。いいかげん戻ってこい！」

兄の癇癪にルシウスは声を立てて笑う。

「君は誤解している」

「誤解？」

「僕にとっては、そもそも何もかもキアラのためだった。彼女とこうして暮らすために僕は君と手を携えて生き抜き、『呪われた双子』になったんだ」

彼女を危険に巻き込まずにすむ状況と、好きに生きても誰からも文句を言われない立場、そして敵にまわすのは割に合わないと思わせるだけの力がほしかった。恐怖で他を圧するのはその近道だった。

結果、望むものはすべて手に入れた。

「今は彼女と幸せになりたい」

「……俺と共にいたのが彼女のためだと？　本気か？」

「帰れよ、シベリウス。ロォムの治安は僕にまかせておけ」

兄は誇りを傷つけられることを何より嫌う。よって適度に傷つけ、突き放した。ルシウスはもう彼が望む弟ではないのだと分からせるために。

だが――腹を立てるかと思いきや、兄はしばらく黙ってこちらを見下ろした後、挑発的な笑みを浮かべる。

「そうはいかない。俺はここに、国王陛下からのご下命を受けてきた」

昏い微笑に、警戒心が頭をもたげた。そんな中、応接間のドアがノックされ、帰ってき

たらしいキアラが姿を見せる。入ってきた彼女はまずルシウスを見た。視線が交わる。

待ちかねたことであるはずなのに、ルシウスは今すぐ彼女に踵を返して立ち去ってほしいと、形のない不安の中で考えた。

# 第六章

　城壁に囲まれた前庭は王軍の一隊に占領されていた。どれも見ない顔だ。高貴な紋章を描いた旗を誇らしげに翻している。双頭の竜と王冠。王太子の紋である。

「あなた方は王太子殿下の部隊ですか？」

　指揮官と思しき身なりのいい兵士に訊ねると、「いかにも」と不遜な態度で返してきた。

「王太子シベリウス殿下が、ルシウス殿下を訪ねていらしたのです」

　ロォム伯など眼中にないと言わんばかりの返答に、わずかな苛立ちが弾ける。たとえ何者であろうと、この城でロォム伯を蔑ろにするなど許されない。

　ただでさえグラントのことで手一杯だというのに、王太子にまで対応を求められるとは。

　城に入ったキアラは二人がいる応接間に向かった。と、扉の前に立ったところで声が聞こえてくる。

「そうはいかない。俺はここに、国王陛下からのご下命を受けてきた」

ルシウスの声に似ている。だが内容から察するにシベリウスだろう。

（聞き捨てならないわね）

キアラはノックをし、気持ちを引き締めて部屋に入っていく。

応接間には目にも綾な双子がそろっていた。窓の前にひとり、ソファにひとり。二人とも見事に似ている。柔らかそうに波打つ金髪、ガラスをはめ込んだかのような青灰の瞳、作り物めいた美しい顔。鏡で映したようにうりふたつだが、キアラには見分けがつく。首の右側にほくろがあるのがルシウス、左側にあるのがシベリウス。あるいは多少は人間らしいのがルシウス。どこまでも人形めいているのがシベリウスだ。

キアラの目はついルシウスに向いてしまう。彼は難しい面持ちで見つめ返してきた。次に窓の前に立つシベリウスを見て、キアラはそちらに進み出る。

「ご無沙汰しております、シベリウス様」

「王太子だ」

つっけんどんな言い方は記憶にあるよりも冷たい。どうやら機嫌が悪いようだ。

キアラは慇懃《いんぎん》に頭を下げた。

「ご無礼をお許しください、王太子殿下。陛下のご下命を受けてロォムにいらしたとは、どういう意味でしょう？」

「この地で、二年前に叛乱を起こした勢力の残党が、再び決起を企んでいるとの情報を得た」

「そんな馬鹿な――」

　キアラは思わずつぶやいた。ロォム領内の秩序についてはマグライドから逐一報告を受けている。国王への投降に反対し、徹底抗戦を主張する勢力は、二年前こそ盛んに再決起を訴えていたようだが、今はすっかりなりを潜めていると聞いた。

　下火になっただけで、決して消えたわけではないだろうが、さほど恐れる必要はないというのがキアラ達の考えである。

「失礼ですが、どういった筋からの情報でしょう？」

　その問いをシベリウスは一蹴した。

「国王の言葉を疑うか」

「いえ、ですが……」

　彼はキアラを無視して弟に向き直る。

「陛下のご命令だ。ルシウス、その女と結婚したければ、その前にロォムにいる叛乱軍の残党を残らず狩り出せ」

「お待ちください！」

　キアラは食い下がった。どのような理由であれ、王軍が領内を荒らすなど受け入れられない。

「ロォムで何者かが叛乱を企んでいるなどという話は、ついぞ耳にしておりません。気配を感じたこともございません。何かの誤解かと存じます」

「誤解か」

「はい。叛乱は過去の話。現在のロォムは陛下の忠実な下僕にございます。決起などありえません。この土地のことは領主である私が一番よく心得ております」

「ではおまえの目が節穴だったのだろう」

シベリウスは冷然と言う。議論をするつもりはないようだ。

「叛乱の強引な幕引きを恨み、今でもおまえを認めぬ領民が大勢いるということだ」

「それは許しがたい。徹底的に滅ぼすべきだな」

ソファの背に腕をかけたルシウスが皮肉味を込めて返す。

「もしそんな連中が本当にいるのなら」

ルシウスとシベリウスが微笑みを交わし合う。二人の間には、余人には入り込めない張り詰めた空気があった。キアラが見守る中、王太子はくり返す。

「王命だ、ルシウス。国王の支配に不満を持つ不穏分子を狩り出し、叛乱を未然に防ぐように」


「とんだ日になってしまったわね。まったく……」

フレイアが悩ましくため息をつく。

本日はキアラの誕生日。そして本来であれば結婚式が行われていたはずの日である。それらすべてがシベリウスの登場によって白紙になってしまった。フレイアはそのせいで大混乱に陥った城に駆けつけ、様々な仕事を手伝ってくれたのだ。

もちろんシベリウスが来なかったとしても、グラントの件がある。無事に式を挙げられていたかは自信がないが。

「本当に。何もふたつが重ならなくても――」

「とにかく気を落とさないで。皆あなたの味方よ、領主様」

フレイアが柔らかく言う。

各方面への対応に追われ、一日中嵐のような忙しさだったが、夜になってようやく少し落ち着いてきた。

フレイアは働きづめだった他の者たちを休ませてから、自室に戻ったキアラにお茶をいれてくれた。彼女こそ疲れているはずであるにもかかわらず。

「ありがとう」

「いいえ。ここにいればグラントについて何か耳に入るかもしれないし。ほんの下心よ」

彼女はいたずらっぽく笑う。

「ルシウス様は？　今日は全然お見かけしなかったけれど……」

「午後からずっと要塞に詰めているわ。王太子にあんなふうに言われたからには、いちおう調査だけはしなければならないって……」

「そう……」

返事は少し曇りがちだ。要塞にいるグラントを思ってのことだろう。キアラは意を決して口を開いた。

「ねぇ、フレイア。ちょっと訊きにくいけど……、彼から何か聞いたことはない？」

グラントと彼女は恋人同士。決して口には出さないが、この二年間、二人は人目を忍んで会っていたと思われる。何か、マグライドやキアラも知らないような情報を耳にしてやしないか。

そう考えての問いだったが、彼女は「ないわ」と、はっきり首を振った。

「もし私がグラントと会えていたとしても、私は彼に、あなたとルシウス様がいかにうまくやっているかを伝えたでしょうね。領主と王子として、二人はロォムを良い方向へ導くため協力しているって。もちろん結婚相手としても良い関係だと」

「……それで、グラントは納得するかしら？」

ロォムの歴史は、中央からの政治的な独立を守る戦いの歴史でもある。男たちの魂にはそれが根付いている。グラントは戦いに身を投じた結果、逃亡生活を余儀なくされた。キアラの治世が不安定で、失策があれば、領民たちは「やはり叛乱は正しかった」と考えるだろう。再びグラントに決起を期待する機運になる。

それでも、彼はキアラの――領主の成功を願っていたのだろうか。

哀しい思いでフレイアを見つめる。しかし彼女は余裕の笑みでうなずいた。

「もちろんよ。彼はあなたに幸せになってほしいと思っているんだから」

「ありがとう……」

腕をのばし、フレイアと軽く抱擁を交わす。グラントは、彼女にはいっさい不穏な感情や情報を伝えていないようだ。それが真実だと信じたい。

ちなみにキアラは、ルシウスの捜査とは別に、マグライドに頼んで調査に当たってもらっている。それぞれが忙しく過ごしているのだから当然だが、キアラは夜の居間を見まわして、さみしさを感じた。

（ルシウスがいない……）

この二年間、彼は予定をどう調整しているのか、毎晩必ずキアラの前に現れた。昨夜はマグライドの屋敷にいたため、あまり感じなかったが、こうしていつもの場所にいると不在を強く感じてしまう。まるで日常にぽっかりと穴が空いたかのように。

向かいの椅子に座ったフレイアと、他愛のないおしゃべりをしていたところ、ふいに部屋の扉がノックされた。やってきたのはシベリウスの使者である。何でも王太子がキアラと話したいと言っているため来てほしいという。

（こんな時間に？）

まだ深夜とは言えないものの、人と会うには遅い時間だ。不審に思ったが、王太子からの呼び出しを断れるはずもない。また話したいこととは、おそらく叛乱軍の残党の件についてだろう。

キアラは急いで身支度を調えると、使者と共にシベリウスのいる客間に向かった。

彼はあてがわれた部屋の居間で、くつろいで酒を飲んでいるところだった。テーブルの上に酒瓶とつまみを並べ、王都から連れてきたと思われる、肌も露わな恰好をした美女に酌をさせている。

王太子の膝の上に乗って戯れていた美女は、キアラが登場すると含み笑いを残し、ひとりで寝室へ消えていった。

シベリウスは呼び出した客に椅子を勧めることもなく、立たせたまま、テーブルに書類を一枚置く。

「単刀直入に言う。これは教皇に対して結婚の無効を訴える訴状だ。これに署名しろ」

「え？」

「ルシウスとの結婚の無効を宣言するんだ。白い結婚とやらを続けていたんだろう？　なら無効は承認されるはずだ。こちらからも手をまわしておく」

「――――……」

ずいぶんぶしつけな要求だ。おまけに「今すぐ結婚しろ」ならともかく、「結婚するな」とは。キアラは混乱した。

「どういう意味でしょうか……？」

「どうもこうもあるか」

手酌で酒を注ぎながら、シベリウスは忌々しげに吐き捨てる。

「ロォムの叛乱を鎮圧した際、『ようやくキアラに再会できそうだ』などとやたら浮かれた手紙が来て、この様子ではその場で結婚しかねないと、あわてて制止する急使を送ったというのに、『ごめん。手遅れだった』とさらに浮かれた返事が届いて、それをきっかけに俺とあいつは絶交していた。気づけば二年がたっていた」

　秀麗な顔を、彼は怒りに歪めた。

「絶交……」

　キアラは思わずつぶやく。子供か、と呆れてから、問題はそこではないと思い至る。

「私と彼の結婚は、陛下のご意向ではなかったのですか？　二度と叛乱を起こさせないよう、ロォムを平和的に手の内に取り込むための……」

「あいつ、そんなことを言ったのか」

　シベリウスは鼻を鳴らした。

「おまえを丸め込むための方便に決まっている。陛下がそういった指示を出した事実はない。叛乱が起きたとしてもまた鎮圧すればいいだけのこと。そのために要塞を築いたのだ。こんな辺鄙《へんぴ》な土地のために大事な王子を手放すわけがない」

「そんな……」

　突然突き付けられた事実に絶句する。シベリウスは苛立たしげに杯をあおった。

「聞けばルシウスはロォムを従えるどころか、完全に領主の言いなりになっているそうじゃないか。おまけに国王による支配を拒む領民にも、飴と鞭どころか飴ばかり与えて人気取りをしているだと？　ふざけるにもほどがある！」

「土地になじもうと努力してくれているのです。私は感謝しています」

「ロォムに来て弟は変わってしまった。本来のあいつは逆らう者を見せしめに吊し上げ、恐怖で相手を支配することを得意とする人間だぞ。異母兄二人をどうやって殺したか話して聞かせれば、おまえの心はあいつから離れるだろう」

「――……」

思い当たる節はある。二年前の叛乱の際、王軍と戦ったロォム軍の兵士たちは、ルシウスのやり方を、常軌を逸した残虐さだと口をそろえて非難していた。実際に会った彼にそういった面がなかったので忘れていたが、単にキアラには見せていなかっただけかもしれない。

そして思い返せば、確かにルシウスには、どこか底の知れないところがある。キアラは彼を理解しきれているとは言えない。

「俺はあいつを取り戻したい。そして傍に置きたい。俺はいずれ国王になる。同じ目線で物を考えるあいつの協力が不可欠だ」

「だから私との結婚をなかったことにしろと？」

「そうだ」

「そうすればルシウスが王都に帰るとお思いですか？　私の知る彼は、何かを簡単にあきらめる人ではありません」

自明のことを告げると、シベリウスはくちびるに薄い笑みを浮かべた。

「結婚の無効を宣言するだけではない。おまえにはグラント・ダスカスと結婚してもらう」

「なんですって？」

「今ここで結婚の無効を訴える訴状に署名をする。そして明日、ルシウスの目の前でダスカスと結婚式を挙げるんだ。今日行うはずだった式の準備を流用すればいい。あいつは夫を殺して未亡人になったおまえと結婚すると言い張るだろうが、俺が責任をもって、首に縄をつけてもあいつを王都へ連れ帰る。心配するな」

(心配しかない……!!)

喉まで出かかった言葉を、キアラは何とか飲み込んだ。

シベリウスの提案はめちゃくちゃだ。とても正気とは思えない。そもそもグラントはフレイアの恋人である。二人を引き裂くような計画に加担するわけにはいかない。

しかしシベリウスに逆らうのも得策ではない。国王に次ぐ権力者であり、かつ見るからに自分のことしか考えていない、冷酷そうな人柄である。命令に従わなければどんなことになるか。

ぐるぐる考えて、キアラは慎重に答えを絞り出した。

「仮に仰せの通りにするにしても、きちんとルシウスと話し合ってからでなければ――」

皆まで言わせず、彼は押し付けるように続けた。

「ロォムの領主よ。もしおまえが俺の指示に従い、今ここで署名をしてダスカスとの結婚を受け入れるなら、叛乱勢力の残党狩りの命令を撤回しよう。さらに蜂起の噂は事実無根だったと国王陛下に報告する。――先ほども言った通り、仮に何かあったとしても潰せばすむことだからな。どうだ？」

「――……」

キアラは黙り込んだ。蜂起の情報の真偽はともかく、シベリウスが弟を取り戻すためにこの状況をとことん利用しようと考えているのはまちがいなさそうだ。

（この提案を拒んだ場合、どんな報復を受けるのかしら……？）

それが一番心配だ。キアラ個人が狙われるならまだしも、ロォムに損害を与えるような事態は絶対に避けねばならない。だが、だからといってルシウスにひと言の相談もなく、結婚無効の訴状に署名するというのも――。

胸をつかまれるような緊張に立ち尽くしていると、ふいにガンガンガン！　と扉を殴る音が響いた。扉越しに「シベリウス！　入るぞ！」とルシウスの怒鳴る声が聞こえてくる。

王太子はうんざりしたように顔をしかめ、懐に訴状を隠した。

「言うまでもないが、このことは他言無用だ。特にあいつには絶対に言うな」

キアラが応えるよりも前に、勝手に扉を開けたルシウスが飛び込んでくる。彼は大変な剣幕で兄に詰め寄った。

「どういうつもりだ!?　僕が留守なのを知っていてキアラを呼び出すなんて！」

「ロォム伯と話をしていただけだ」

さらりと答える兄をにらみつけ、ルシウスはこちらを振り向く。「大丈夫？」と気遣う眼差しに、キアラは小さくうなずいた。

すると彼はキアラを背に隠すようにして、再び兄に向き直る。

「彼女はロォム伯であると同時に僕の妻だ。今後、こんな時間に一人で呼び出すのは控えてもらいたい」

シベリウスはフン、と鼻を鳴らす。そして犬でも追い払うように、二人に向けてぞんざいに手を振った。

「調査中に色々と面倒なことが起きて、なかなか帰ってこられなかったんだ。絶対あいつの差し金だったに決まってる！」

憤然と言いながら廊下を大股で歩いていたルシウスは、キアラの部屋まで来ると当然のように一緒に中に入ってきた。

そして扉を閉めるや、彼は扉を背にしたキアラの両脇に手をつき、腕の中に閉じ込めてくる。

「あいつに何を言われた？」

「何って……」

「答えて」

「あなたには絶対に言うなって……」

「くそ！」

ルシウスは顔をゆがめて毒づいた。

「もういいでしょう」

いつになく殺気立った様子の彼を押しのけて、キアラは腕の中から出ようとする。しかしルシウスは許さなかった。手首をつかんで引き戻し、壁に縫いつけるように両方の手首を押さえてくる。

乱暴な振る舞いに眉根を寄せる。

「何をするの……!?」

「まさかと思うけど、僕と離婚するつもりじゃないよね？　そんなこと絶対に許さないよ？」

「手を放して――」

力を込めてもがくも、手首を押さえる手はびくともしない。キアラは不安を覚えて相手を振り仰いだ。そこには、凍てついた海の底のように冷たく闇の深い瞳がある。

「キアラ……」

怒りか、困惑か、失望か、悲しみか。美しい顔は、そのどれともつかない感情で奇妙にこわばっている。まるで仮面が壊れそうな、そしてその奥から予想もしなかった何かが出てきそうな――恐ろしく、どこか危うい面持ちである。言葉を失っていると、彼はキアラの両手を解放し、かき抱いてきた。

「キアラ、頼む。離婚しないって言って。僕から離れていかないって約束して……！」

息もできないほど強く抱きしめ、そう懇願してくる。どこまでも余裕を失った様子に、キアラは驚きを禁じ得なかった。そう、驚くしかない。ルシウスのこんな姿は初めて見る。

キアラは彼の背中にそっと両腕をまわした。

「あなたに無断でそんなことを決めたりしないわ。私もひとつ聞かせて」

穏やかに問うと、キアラの肩口に顔をうずめたまま、くぐもった声が「なに？」と応じる。

「あなたが私と結婚したのは、政略のためではなかったの？　私はてっきり、そういう形でロォムを取り込むよう陛下の指示があったのだとばかり……」

「陛下の指示なんかない。完全に、丸ごと僕の私情だ。君と結婚したかった。唯一の伴侶として、一生ずっと傍で暮らしたかった」

それは、あまりにも意外な答えだった。

「……どうして……？」

「君が僕を叱ってくれたから」

肩口でぽつりと声が響く。

「僕に本当のことを言って、目を覚まさせてくれた。閉ざされた世界にいたんじゃ決して見えなかったはずのものに気づかせてくれた。僕は感動したんだ。君の勇気と気高さ、まっすぐさに」

自分の世界には、どこを探してもついぞ存在しないものだったから、それは宝物のように輝いて見えた。ルシウスはもそもそと言った。

「どうしても君がほしかった。でもその後、色々あって僕も身動きが取れなくなって……」

「――――……」

「本当にひどい、人間の醜悪さをいやというほど思い知る毎日だった。僕は自分も含めて、誰ひとり生きている価値なんかないと感じていた。そんな僕を君に叱ってもらいたかった」

くぐもった声に嗚咽が混じる。

「ただ、もう一度君に会って叱られたい。その一念で生き延びたんだ……」

「ルシウス……」

切実で率直すぎる告白に言葉を失う。明らかになった事実も相まって胸が震えた。今まで彼の気持ちを疑っていた自分は何と愚かだったのだろう。

「愛してる、キアラ。君を愛している」

鼻先が触れるほどの距離で、互いにうるんだ瞳で見つめ合い、気づけばくちびるが重なっていた。高まる感情を絡め合い、ほしい気持ちを貪り、熱く身の内を貫く衝動にしばし溺れる。

くちびるを離した時には、互いに息が上がっていた。気持ちが通い合ったキスは、今までにも増して甘美だ。

「君の大切なものは僕が守る。ロォムの人間を捕らえたりしないから安心して」

「陛下の命令に背くことになるわ」

「だから何？」

彼は笑った。

「君を好きになった時からずっと、僕の世界は君を中心にまわっている」

熱っぽく見つめてくる瞳が、国王よりもキアラを選ぶと伝えてくる。いつになく熱く、真摯な眼差しのせいもあるだろう。彼の言葉はこれまでとまったくちがって聞こえた。激情を湛えた瞳に見つめられ、キアラの中で抑え込んでいた本当の気持ちがあふれ出す。

か細い声で、キアラは今まで晒したことのない本音を口にした。

「……二日間、夜にあなたの姿が見えなくてさみしかった。いつも当たり前のようにいたから、わかってなかったんだわ」

「僕は君の世界の一部になれていたんだね」

ルシウスは目尻にしわを寄せてほほ笑む。その嬉しそうな笑顔が愛しい。

「二年間、あなたにずっと助けられていた」

「どうしたの？　今日はなんだか――」

「好きよ。ルシウスが好き。でもあなたが私と結婚したがるのは、政略が目的なのだと思っていて、言えなかったの。私だけが本気だと思うと……苦しくて……」

告白を最後まで言うことはできなかった。ルシウスが激しくくちびるを塞いできたためだ。

立っていられなくなるほどなまめかしく濃厚なキスを延々と交わした後、すがりつくキアラの身体を、彼はすくうようにして抱き上げた。

「もう二日も君に触れていない。君が足りなくておかしくなりそうだ」

そう言い、余裕のない足取りで寝室に運んでいく。運ばれている最中にも続いたキスは、ベッドに下ろされてからますます甘くなる。二人とも、今から一線を越えることを予感していたためだ。昂る身体を重ね、結ばれる前の緊張と、最後の無垢な官能を味わう。

「そういえば、言い忘れていた。——二十歳の誕生日、おめでとう」

くちびるの狭間でささやかれ、キアラは笑った。

「ありがとう」

「結婚式と一緒に盛大に祝うつもりだったのに。さんざんな一日になったな」

「あなたが祝ってくれたから充分よ」

「おめでとう。贈り物を持ってこなかったけど、僕が持っているものはすべて君のものだ」

「両想いだったとわかったことが、一番の贈り物かも」

ルシウスは感極まったように手で顔を覆う。

「幸せ過ぎて頭がおかしくなりそうだ。これは本当に現実か？」

キアラはそんな彼の手を取り、自分の頬に導いた。

「さわって。確かめて」

彼はキアラの顔にふれた後、喉、鎖骨、肩と手を下ろし、やがて大きな手で胸のふくらみを包み込んでくる。優しい手つきに、キアラの喉からため息がこぼれた。

目で了解を求められたキアラは、一度身を起こし、彼に手伝ってもらいながら一枚一枚ドレスを脱いでいく。衣擦れの音にすら顔が赤くなる。コルセットや下着が取り除かれ、少しずつ露わになっていく肌に、ルシウスは早くもキスを降らせてくる。

すべてを脱がし終えた彼は、キスをしながら静かに押し倒してきた。そうしながら乳房をゆったりと押しまわされ、すでに芯を持っていた先端が疼く。と、硬い感触を味わうように指先でそこを捏ねられ、「ん……っ」と声が漏れる。

「豊かなのに、ここは慎ましいね。かわいい」

「キスをするといつも……むずむずするのよね……」

「へぇ……」

ルシウスは試すように首をのばし再びくちびるを重ねてきた。押し入ってきた舌に念入りに口腔内をまさぐられ、甘い陶酔がうなじから背筋を這い下りる。

「ん……、ふ……っ」

悦びは胸の先どころか腰奥にまで響き、キアラは夢中になって口づけに応じた。

彼は情欲にうるんだ目で笑う。

「止まらない」

「好きにしていいわ。約束だもの。二十歳になったら本当の夫婦になるって……」

「キアラ……！」

ルシウスは余裕のない手つきで胸をつかみ、先端に舌を這わせてきた。指先でいじられて痺れていた乳首が激しく貪られる。渇望と情熱はキアラにも伝わり、身も心も燃え立たせていく。熱くぬめる官能に包まれ、押し転がされるだけでたまらない陶酔に背がしなる。

「はぁ……っ」

飴玉のように転がされる粒をちゅうっと吸い上げられれば、ジン……とした疼痛と共に、言いようのない心地よさがこみ上げてきた。

「……あぁン……っ」

淫らにあえぐ様を上目遣いに見つめられ、食い入るような眼差しに羞恥をかき立てられる。甘やかな煩悶《はんもん》の中、つぅっと下腹のほうへ伝い下りた手が、割れ目の中に潜り込んできた。

「あっ、……あっ、ぁぁ……っ」

くちくちと溝をかき分けられ、前方にある、期待に凝った性感をそっと触れられると、ひとりでに腰が揺れてしまう。じゅわりとあふれ出した蜜を、ルシウスは指先ですくい取り、塗りこめるようにして花芯にまぶしてきた。

「ぁっ、ぁ、ぁっ……ぁン……っ」

立て続けに弾ける快感の波紋に身をよじる。と、双乳にキスをしていたルシウスが笑みをこぼした。

「キアラはいやらしいこと、けっこう好きだよね」

「あっ……あなたのせいよ……っ。あなたが、……夜になると、変なところにさわったり、舐めたりしてきたから、ぁ……ぁっ、やあっ、あっ……！」

性感の源をくりくりといじられ、仰け反るような快感が下肢へと走り抜ける。恍惚は全身に広がり、ますます感覚を研ぎ澄ませていった。熱い。もはや肌に触れるかすかな吐息にすら感じてしまう。

そんな中、彼は空いているほうの手でキアラの膝を持ち上げ、ただでさえ敏感な内股にキスをしてくる。

「あぁ……っ」

淫らにひくつく肢体を組み敷き、ルシウスは満足そうに目を細めた。

「そうだね。毎晩ねちっこくイタズラをしたかいがあった。ここ、もうこんなに濡れてる」

花びらを責める指にちゅくちゅくと粘ついた水音をたてられ、キアラは目頭に手を置いて顔を隠そうとした。しかしそれは、すんでのところでルシウスにつかまれ阻まれる。

しかたなくキアラは青灰色《せいかいしょく》の瞳を見上げた。

「あっ……、あなたに、変なことをされると、……変な気分に、なっちゃって……っ」

「うんうん」

「興奮して眠れない夜もあって……」

「そういう時、どうした？」

「心の底から恨んだわ」

「そっちか」

「どっち？」

「てっきり、自分でしたのかと」

「したって？」

「こういうこと」

ぬるついた指先で淫芯をころころと転がされ、「ひぅっ」と情けない声を張り上げる。直接さわられているせいか、これまでよりもずっと官能が深い。いけないのに、もっとさわってほしいと強烈に感じてしまう。

「はぁっ、……自分でなんかっ、すっ、するわけ、ないじゃない……！」

「どうして？　気持ちいいことに、積極的になろうよ」

「そんなの……っ」

自分でそこをいじる光景を想像し、キアラは大きく頭を振った。

「いやらしい……」

「でも君、さっきから脚が開いてるよ」

「え？」

指摘されて気づけば、ルシウスはキアラの膝の間にいる。彼は我に返って脚を閉じようとしたキアラの膝をつかみ、ぐいと左右に押し開いた。キアラの喉から「いやっ……」とかすかな悲鳴が上がる。

「やだ、広げないで……っ」

「ふふ。こうすると全部見えちゃう」

見ないでほしいのに、あろうことか彼は身をかがめて、そこをのぞきこんでくる。

「こんなに濡らして、ここをひくひくさせて。ピンクの可愛い宝石が頭をのぞかせてる。いやらしいね、キアラ」

キアラは首を振り、か細い声で「言わないで……」と訴えた。が、彼はもちろんやめるはずもなく、それどころかますます顔を近づけてくる。のみならず――。

「やぁぁ……っ!?」

あろうことかルシウスは秘裂に口づけてきた。敏感な花びらが、ぬるりと熱い感触に包まれる。蕩けた秘裂を熱い舌で抉られ、腰が浮くような愉悦が湧き起こる。訳がわからない。下肢が痺れ、お腹の奥がきゅんきゅん疼き、吐息が恥ずかしいほど艶を帯びる。

「ひぁっ、そんな、そんなとこ、舐めちゃ、あぁっ、ぁっ……ぁっ、ひぃ……！」

硬く勃ち上がった淫核を熱を込めてちゅるちゅると舐られ、気が遠くなった。口淫から逃れようとするも、両腕で大腿を抱えこまれている状態では腰を振るのがやっと。彼に蜜口を押しつけるだけだ。もちろんルシウスは情熱をもってそれに応えた。ますますねっとりと淫芯を舐めしゃぶる。

背を弓なりにしならせ、びくっびくっと大げさなほど身を震わせ、キアラはなす術もなく追い詰められていった。経験したことのない強烈な快感に身も世もなく啼き喘ぐ。彼は絶え間なく痙攣する大腿を押さえ、じゅるじゅると聞くに堪えない音をたてて愛液を啜《すす》る。

「やあぁっ、あぁっ、もう、……だめっ、……だめぇ……！」

顎を突き上げ、背中を反らせて、キアラはみだりがましく訴える。盛んに腰が揺れるも、大腿を押さえつける彼の手はびくともしなかった。枕をつかみ、ひたすら身悶える肢体の上で汗ばんだ乳房がたぷんたぷんと跳ねる。

とめどない濃密な歓びに脳裏が白く染め抜かれ、やがてキアラは法悦《ほうえつ》の高みへと昇り詰めた。

「あぁぁぁ……！」

つま先をぴんとのばし、しばし硬直した後に、ようやく我を取り戻す。思いきり走った後みたいに息が苦しい。涙ににじんだ視界のなかで、口元をぬぐったルシウスが妖しくほほ笑んだ。

「どう？　これ、嫌？」

キアラは大きく乱れる呼吸の中で涙まじりに返す。

「いや……私、きっと……ひどい顔、してる……」

「素敵だよ。真っ赤に蕩けて、最高にいやらしい」

キアラの頬に軽くふれ、ルシウスは熱っぽい瞳でささやいた。

「僕以外でこの顔を見た男は、誓ってこの世にいられなくしてやる。それだけ覚えておいて」

「言われなくても……ルシウス以外、見せられない……」

「キアラ、かわいい」

ルシウスは目元を和ませ、キスをしてくる。そしてとめどなく甘露をあふれさせる蜜口に、指を埋め込んでくる。蕩けた蜜路は何の抵抗もなくそれを受け入れた。

「あ……っ」

「二年も待った」

長い指がぐちゅぐちゅと中を探る。ぬるついた感触を愉しむように、彼は何度もそこをかきまわした。

「初めてでもキアラが愉しめるように、ちょっとずつちょっとずつ慣らしていって……」

指が二本に増やされても、蜜洞は愛液をしたたらせるばかり。ただでさえ官能の溜まっていた腰奥が妖しく疼き、きゅうきゅうと指に絡みつく。

「気持ちいいこと、好き?」

「いやぁ……」

そんな場所で彼の指を感じることが恥ずかしい。キアラはいやいやと首を横に振った。するとルシウスは奥深くまで埋め込んだ指で、前方の内壁をくりゅくりゅと擦り上げる。

「好きって言って」

「あっぁっ……！」

甘やかな刺激に、快感が身体の芯を走り抜ける。キアラは腰を浮かせ、指をぎゅぅっと締めつけた。と、ルシウスは嬉しそうに瞳を輝かせる。

「ここだね」

「あふ……っ」

ひどく感じやすい部分をぬるぬると重点的に擦られたあげく、危うい感覚が生まれたところでぐっと指を押し込まれ、腰が抜けそうになる。

後から後から愛液が湧き出す中、抜き挿しをする動作が加わり、静かな寝室に耳をふさぎたいくらいはしたない水音が響いた。あふれた蜜が敷布を濡らす。

「ぐちゅぐちゅしちゃ、いやぁ……っ」

あられもない声を張り上げながら、またしても近づいてくる頂の気配に身をまかせ――。

しかしそこでルシウスは手を止めてしまった。物欲しげにヒクヒクとわななく蜜口から指を引き抜き、自身のシャツを乱暴に脱ぎ捨てると、トラウザーズの前をもどかしげに開く。

露わになった昂りは、天を衝くほどに隆々とそそり立っている。

あまりに予想外なその物体を前に、キアラは目を疑った。フレイアから「子作りのためには夫の器官を妻の中に入れる。夫の器官は普段は目立たないが、行為の最中だけ大きくなる」と聞いてはいたものの。いくらなんでも大きすぎやしないか？

「キアラ……」

「ま、待って……」

覆いかぶさってくる身体を、ひるんだキアラは手で押し戻そうとする。

しかしその手を取って、ルシウスは自分の首にまわさせた。

「大丈夫。ゆっくりするから。力を抜いて」

宥めるように言い、軽いキスをしてくる。そうする間にも、彼はぱくぱくとひくつく蜜口に欲望を押し当ててくる。

「あ……っ」

繊細な部分に熱い昂りを感じて眩暈《めまい》がした。そんなキアラの両脚を優しく開かせ、血管の浮き出た幹に愛液をまぶした後、ルシウスはいよいよ体重をかけてのしかかってくる。

「君がほしい――」

甘いささやきと共に蜜口をこじ開けられ、キアラは息を詰めた。

「ぁ、……ふ、……っ」

彼は言葉通り、ゆっくりと慎重に腰を押し進めてくる。熱い塊が狭隘《きょうあい》な襞《ひだ》をめりめりと押し拓き、未熟な処女地を征服しようとする。

「力を抜いて。僕を信じて……」

何かに耐えるような色っぽいささやきが、魔法のようにキアラに作用した。汗ばんだ熱い身体にしがみつきながら、意識して力を抜くと、少し楽になる。しとどに濡れているせいか、何度か抜き差しをくり返されるうち、硬い剛直はズッズッと奥へ突き進んでくる。

やがてズンっと、下肢が密着するまで押し込まれたところで、キアラの瞳から涙がこぼれた。

「あぁ……！」

こわばる背中を、ルシウスが深く抱きしめ、優しくなでてくる。

「がんばってくれて、ありがとう……」

奥まで貫かれた痛みと衝撃、そして突き刺すような凶悪な圧迫感に、キアラはしばらく息も絶え絶えだった。しかし固く抱き合う彼に、優しく背中をなでられるうち、衝撃が少しずつ和らいでくる。

そして強く実感した。

「私たち、本当に夫婦になったのね」

「あぁ。もう白い結婚じゃなくなった」

「うれし……」

「これからは毎晩する。何なら朝もする」

「え」

「二年もお預けを食らってたからね」

キアラに軽いキスをくり返しながら、ルシウスは嬉しそうに笑う。

「約束するよ。必ず幸せにする」

キアラも甘く苦しい多幸感の中でうなずいた。

「幸せな一生を……一緒に過ごしましょう……」

くちびるを重ね、互いに夢中になって舌を絡め合う。ルシウスはさらに感動を伝えようとするかのように、口腔をあますところなく愛撫してくる。

性感をかき乱す熱烈な口づけに溺れるうち、快感に震えるキアラの蜜路が淫らにうねり出した。と、ルシウスも探るように、ゆるやかに腰を動かし始める。

「んっ……、んっ……！」

熱い塊が子宮を押し上げてくる感覚に、キスをしたまま身ぶるいした。

ドクドクと脈打つ昂りが、まだきつい中を不自由に行き来するも、何度か試すうちに隘路は少しずつほぐれてくる。あふれる蜜が潤滑油となり、抽送はほどなくなめらかなものになった。

無垢にわななく濡れ襞の感触に、ルシウスが悩ましくうなる。

「夢にまで見た、キアラの中だ……」

彼は身を起こすと、キアラの両の膝裏をすくい上げた。そのまま先端近くまで屹立《きつりつ》を引き抜き、再び根元までねじ込んでくる。

「はぁっ……」

ゆったりと抜き挿しされ、張り出した切っ先で蜜壁を擦られる感覚は鮮烈だった。深いところから湧き上がるような心地よさに全身が甘く痺れていく。彼は中の感触を味わい尽くすかのようにたっぷりと同じ動作をくり返した。そうするうち、あふれ出す淫蕩な歓びにじっとしていられなくなり、キアラは抽送のたびに身をよじって切なく喘ぐ。

「ルシウス……、ルシウス……っ」

少しでも彼のものを奥まで受け入れようと自ら開いた脚が、律動に合わせて揺れる。胸の上でふくらみが恥ずかしいほど弾んでいる。

じゅぷっ、ぬぷっと粘ついた水音が高く響き、太く硬く滾《たぎ》る欲望を引き込もうとするかのように蜜襞が卑猥にうねる。ルシウスが恍惚としたため息をついた。

「つらくない？」

「へいき……」

「気持ちいい？」

「わからない……」

逞しい熱塊のもたらす感覚は、淫芯で得る鋭い快感に比べるとまだ茫洋《ぼうよう》としている。正直な感想に彼は苦笑した。

「僕はとてもいいよ。悦《よ》すぎてもう我慢できない――」

苦しげにそうささやくと、彼は抽送を少しずつ速めてくる。先ほどまでよりも切羽詰まった動きで奥を突かれ、キアラは甘い衝撃に声を張り上げた。やがて腰をつかまれ、さらに深く奥を抉るように突き上げられ始めると、思いがけない快楽が渦を巻いて立ち昇ってきた。ぐんぐんと性感が高まり、身体の芯が官能にわななく。振動に合わせてつま先まで甘く痺れていく。

「んっ、あっ、あぁっ、ぁぁ……！」

欲望のままに最奥をごりごりと突かれれば、ひるんでしまうほどの快感が迸り、身体の中を脳髄まで満たした。視界が真っ白に染まり、気が遠くなる。今にも臨界に達しそうなキアラの様子に気づいたのか、ルシウスは下肢をぴったりと押しつけ、深く突き刺したまま小刻みに揺さぶってきた。

「あぁっぁ、ぁ、ぁっ……！」

「いっしょに達《い》こう……」

腰奥で立て続けに響く責め苦に、みだりがましく嬌声を張り上げる。内部を圧するずっしりとした欲望を蜜襞がすがるように締めつける。熱くうねる内奥へ、硬い太棹《ふとざお》がさらにぐぅっと深く押し込まれてくる。

「あぁあっ！　……やっ、いや、いやぁっぁっ、ぁぁ……！」

敷布をつかんで嵐のような抽送に耐えていたキアラは、ふいにどこかへ落ちてしまいそうな感覚に襲われ、思わず腕をのばしてルシウスにしがみついた。

たまらない恍惚が沸き起こり、送り込まれてくる律動に喘ぐ。ぐちゃぐちゃになった思

考の中、息も絶え絶えに訴える。

「あ、あっ、やぁっ、もう、もう……！」

ルシウスも興奮しているようだ。荒い息遣いと、キアラの腰をつかむ手指の強さから伝わってくる。激しい突き上げに合わせ、肌のぶつかる鈍い音が響く。容赦のない抽送に追い詰められ、下肢の奥から痺れるような歓喜がこみ上げてきた。頭の中を光が舞い散る。目がくらむほど高く高く意識が飛ばされる。

「あぁぁーっ……！」

頂に昇り詰めたところで、さらに二度、三度と深く突き入れられ、強烈な陶酔の波が重なって押し寄せた。と同時に、内奥でルシウスの欲望が弾ける。迸る情熱を受け止め、キアラは彼にしがみついたまま身ぶるいする。

「はぁ、……ぁ……っ」

「キアラ……っ」

しばらくして頂を過ぎると、キアラはぐったりとベッドに横たわった。ルシウスは、ハァハァ喘ぐ妻の首や肩に小さく口づけてくる。

「愛してるよ、キアラ」

「ん……」

ひどく優しくふれてくるルシウスを見つめながら、キアラは満ち足りた気分でつぶやいた。

「シベリウスが……あなたは本当は残酷な人間だと言っていた。……でも、きっと嘘ね。……あなたはそんな人じゃない……」

「残酷ねぇ……」

「実はロォムの兵士たちもそう言っていたわ。だから私……」

「少数をむごく殺せば、残りの敵の戦意は鈍る。撃破も容易になり、降伏を早めさせることにもつながる。結果として犠牲が少なくなる。そういう意味では、やる時はやるけど――」

「もしかしてグラントの件も？」

その名前を出したとたん、ルシウスがびくりと反応した。

「彼を仲間への見せしめにしているの？」

「いいや」

子供のようにくちびるを尖らせ、ルシウスは不満そうに言った。

「君があいつを大切な人なんて言うから」

「大切な人よ。いつも私を守ってくれた、兄のような人」

と、彼はくちびるでふれていたキアラの肌をきつく吸う。

「いたっ……、何をするの!?」

「僕の前であいつをほめないで」

真剣な訴えに、どうして、と言いかけた声を飲み込んだ。こちらを見る目が大いなる不満を湛えている。

「……もしかして、彼に嫉妬しているの？」

「当たり前だろう？　僕は君に褒められたことがほとんどないのに、そんな僕の前で君はあいつを絶賛した」

「絶賛なんか……！」

「した。立派な人で、自分にはあいつが必要だとまで言った。僕は一度も言われたことがないのに！」

身を起こし、彼はベッドの上に胡坐《あぐら》をかいて主張した。キアラも起き上がり、ふてくされるルシウスの両頬を手ではさんで自分から口づける。いつも彼にされているように、くちびるのあわいを割り、舌を差し込んで官能を探りにかかる。そして驚く彼を押し倒す形で上に乗り、さらにキスを続けた。――ルシウスの身体から怒りが溶けて消えるまで。

頃合いを見てくちびるを離し、心を込めてささやく。

「愛しているわ、ルシウス。私にはあなたが必要よ。みんなが私を疑い、否定してきた時も、あなただけは肯定してくれた。まちがっていないと言い続けてくれた。おかげで私はここまで来られた」

「キアラ――」

「この世で誰よりも大切な人よ」

「キアラ……！」

感極まったらしいルシウスが、体勢を入れ替えてキスをしてくる。キアラの頭の脇に両肘をつき、閉じ込めるようにして熱烈にくちびるを貪ってくる。感動を伝えようとするキスは、眩暈がするほどの歓びに満ち、キアラは腕をまわして彼にしがみつきながら身体を震わせた。

するとルシウスはすでに回復してはちきれそうになっている欲望を、ぐっしょりとぬれた蜜口に押し当て、再び突き入れてくる。

「んぅ……！」

蜜路を暴れまわる屹立の動きに合わせ、慣れないながら必死に腰を振った。同時に舌を絡め合い、互いにどこまでも快楽を追い求める。腰奥が溶けそうなほど熱い。もっともっとと欲しがる興奮に突き動かされたらしいルシウスは、抱きしめたキアラの上体を抱え上げ、つながったままベッドの上に座った。

体勢が変わったことで自重がかかり、屹立の先端が突き破るかの勢いでキアラの内奥を押し上げる。

「あぁあっ……！」

快感に貫かれ仰け反った首に甘く歯を立てられれば、彼にしがみつくキアラの腕にも力がこもる。二人の間で押しつぶされ、ひしゃげた双乳が汗にぬるぬるとすべる。何もかもが官能と興奮をかき立て、二人の間から理性を奪っていく。

「キアラ……っ、キアラ……っ」

必死の声でうめきながら、ルシウスは右腕でキアラの腰を抱え込み、激しく突き上げてくる。最初から欲望を剥き出しにする彼の上で、キアラは深い快感の渦へ呑み込まれる。

「あぁっ！　あぁっ！　やぁっ、あっ、……あぁぁっ……！」

激しく求める行為は、ほどなくキアラを再び高々と昇天させた。おまけに――こちらはひどく疲れて息も絶え絶えだというのに、身体を押し倒し、さらに挑んで来ようとする。

無理。これ以上は死んでしまう。

キアラは相手をはっしと押しとどめた。

「待って――」

「キアラ……、キアラ、もっと……」

「もうダメだったら！」

両手を突っ張って厳しく言い、ルシウスが動きを止めたところで、彼の首に腕をかけて自らくちびるを重ねた。

ついばむだけのキスをくり返し、彼の顔をなでてから、キアラは「ね？」と優しくなだめる。

「お願い……。身がもたないわ。今日はここまで」

上目づかいで切なく言えば、彼がそれ以上強く出てこないことは何となくわかっていた。

キアラはさらに軽いキスを何度も降らせながら、夫をベッドに寝かせる。ルシウスはやや不満そうにつぶやく。

「なんだか、いいようにあしらわれている気がする……」

そのくちびるにもう一度キスをして、キアラは「気のせいよ」とあしらった。くすくす笑って見下ろす妻の頬を、ルシウスがなでてくる。

「君のことがずっと欲しかったんだ」

「えぇ」

「欲しくて欲しくて、そのことばっかり考えて、頭がおかしくなりそうだった」

「手に入れたじゃない」

「足りない」

くちびるを尖らせて即答するルシウスの頭をなでて、キアラはささやく。

「お願い、そんなこと言わないで」

「君に『お願い』なんて言われると、どんなことも『まぁいいか』って気になるけどさ……」

「あら、そう？　じゃあ積極的に使っていくわ」

「え～……」

しかめ面をした彼に笑い、柔らかに波打つ彼の髪を、キアラは指ですいた。

「さっきの話の続きだけど……、グラントはフレイアの恋人よ」

「なんだって？」

「ね？　だから彼を解放してもらいたいの。二人には幸せになってほしいから」

「あいつがフレイアの？　ってことは、君とは何でもない？」

「あるわけないでしょ」

キアラは心外な気持ちで言う。

「私は昔から、二人の逢引きを手伝う係よ」

「だって最初の婚約者って……」

「それは父が勝手に決めたこと。グラントも私も結婚するつもりなんかなかった」

「なんだ……」

ルシウスは安堵するように息をつき、キアラを抱きしめた。

「それを知っていたら最初から処刑なんて言わなかったのに」

「どういうこと？　私と彼の関係は、彼の処刑に関係ないでしょう？」

「大ありだ！　グラントが生きていると知った君が、僕との結婚から逃げてあいつのもとに行くんじゃないかって不安になって、もう殺すしかないって思い詰めたんだから」

けろりと言われたことに、キアラは「は？」と低い声で返す。

「彼が叛乱を主導した貴族だからじゃなかったの？」

「まさか。二年前ならともかく、今は君の統治のもと情勢も安定しているし、むしろそいつを殺したってロォムの領民の反感を買うだけだ。どちらかというと処刑は避けたほうが賢明だな」

「なんですって!?　じゃあ単に、私とグラントの仲を疑って彼を死に追いやろうとしたの？」

「そうしなくてすんで本当によかった」

　しみじみとつぶやき、いい話のように終わらせようとしている夫の横で、キアラは「ふざけないで！」と勢いよく起き上がった。

「バカバカしいにもほどがあるわ！　人の命を何だと思っているの!?」

　怒気をみなぎらせた剣幕に、ルシウスが目をしばたたかせ、めずらしくたじろいだ様子を見せる。

「わ、わかった。グラントは明日にでも牢から出すよ。いや、今すぐにでも……っ」

「そういう問題じゃありません！　個人的な事情で人を処刑するなんて殺人と同じだって言っているの！」

「だから解放するって言ってるじゃないか！」

「私が彼とフレイアの話をしなかったらどうするつもりだったの!?」

「処刑……」

　ぼそりとこぼれた正直な答えに、キアラはますます眉を吊り上げる。

「信っじられない！　あなたはやっぱり自分勝手な人でなしだわ！」

「待って、キアラ。どこに……!?」

「今夜は別の部屋で寝ます」

　身体にシーツを巻きつけたキアラは、ベッドを降りて続き間に向かおうとする。――が、脚に力が入らず、絨毯《じゅうたん》の上にへなへなとしゃがみこんでしまった。寸前にルシウスがかろうじて支え、ベッドに運ぶ。

「ほら、無茶だよ。ひとまず休もう。ね？」

反省すべき張本人から、子供をあやすように扱われて腹が立った。何もわかっていない。キアラがここから出られないなら、彼が出ていくべきだ。

もう今夜は本当に指一本ふれさせない。そんな決意でキアラは毛布にくるまり、彼に背を向ける。

「さわらないで！　もう離婚よ！」

「それは応じかねる」

突然怒り出したキアラにうろたえながらも、ルシウスはあくまで決然と返してきた。

# 第七章

翌日、グラントは解放されることになった。

城で執務をしながら待っていたキアラは、到着したと連絡を受けて部屋から出ていく。同じく報せを受けて駆けつけたフレイアと共に、玄関ホールと二階とをつなぐ大階段の階段口まで行くと、ちょうどグラントが階段を上ってくるところだった。

解放されたというのに、彼はひどく暗い面持ちである。王軍に情けをかけられたとでも感じているのか、一歩一歩、重い足取りで進む。

二階まで上がってきた彼は、言葉をかけようとしたキアラの前で、まずフレイアを抱きしめた。その振る舞いに少しだけ違和感を覚える。あえてキアラを無視したように感じられたのだ。

だが礼儀正しく義理堅い彼に限って、そんなことはあるはずがない。きっとフレイアへの想いが昂ってしまったのだろう。キアラはほほ笑んで二人を見守った。

一階にルシウスがいるようだ。「キアラはどこに?」と誰かに訊ねる声が聞こえてくる。

グラントは周囲が戸惑うほど長くフレイアを抱擁した後で、ゆっくりと身を離した。フレイアまでもが困惑交じりに見上げる。

「グラント、キアラに挨拶して……」

促されてこちらを振り向いた――次の瞬間、彼は険しい顔でキアラを罵倒した。

「この女は国王の間諜《かんちょう》だ!」

息をのむのと同時に、キアラは彼に強い力で突き飛ばされる。階段口にいたのが災いし、手すりに強く身体を打ち付けた後、キアラは踊り場まで転がり落ちた。目まぐるしく上下が入れ替わる視界の中、血相を変えたルシウスが近づいてくるのが見えた。

「キアラ!」

ルシウスは倒れた妻の身体を抱き起こして再び叫ぶ。

「キアラ!!」

私は大丈夫。

キアラは彼にそう伝えたかった。

グラントを責めないで。きっと何か事情があるはずだから。

しかし実際には、うめき声のひとつも上げられないまま意識が闇に飲み込まれてしまう。

すべてはあっという間の出来事で、何が起きたのかもよくわからないうちに、突然途絶した。

「キアラ!!」

大股で階段を駆け上がったルシウス王子が、ぐったりしたキアラの身体を抱き起こす。

恐怖に凍りついたフレイアは、祈るような気持ちでそれを見つめた。一体何が起きたのか、まったく理解できなかった。

グラントが解放されると聞いて、朝からずっと天にも昇る気持ちでいた。「もう大丈夫よ」とキアラに言われ、すっかり安心していたというのに。

そもそも、なぜグラントはキアラを突き飛ばしたりしたのか。わからない。グラントは問題が起きたとして、力に訴える人ではない。まずは話し合おうとする人だ。いわんや女子供に手を上げるようなことは今まで一度もなかった。なぜ。一体何が起きているのか。

（キアラ——）

落ちる前に手すりにぶつかったせいで、勢いは殺されたはず。そう大事には至らないだろう。そんな可能性にすがりながら見守るも、意識のないキアラはぴくりとも動かない。

恐る恐る首筋に指をあてたルシウスが蒼白になった。あわてたように心臓に耳を当て、しばらくして身を起こす。その顔からはいっさいの表情が抜け落ちている。

傍らでユーゼフが発した「捕らえろ！」の声に、王軍の兵士たちが階段を駆け上がり、再びグラントを拘束した。

「グラント……！」

すがろうとしたフレイアを、兵士が乱暴に振り払う。グラントは一度もこちらを見ようとしなかった。頑なな横顔からルシウスに目を移せば、王子は異様なほど冷静に周囲へ指示を出している。

「キアラを寝室に運べ。何をしている。医師を呼べ。急げ」

顔は蒼白で、声にいつもの覇気がない。そこでフレイアはようやく気がついた。ルシウスは冷静なのではない。その逆。あまりの事態に茫然自失になっているのだ。

「……人は突然いなくなる。よく知っていたはずなのに。どうしてだろう。キアラがそうなるなんて、考えもしなかった……」

ぽつりぽつりとつぶやく彼の目は、どこも見ていなかった。硝子のように無機質で冷たい瞳が、ただただ虚ろに宙を見つめている――かと思うと、ルシウスは次の瞬間、要塞のある方角を見据えて青灰の瞳を恐ろしく冷酷に底光りさせた。そして足早に城の外へ出ていく。グラントを連行する兵士たちがそれに続いた。

ドッと緊張の糸が緩んだ城の中、横たわるキアラの周りに集まった城の下男が叫ぶ。

「キアラ様が亡くなった！」

「嘘――」

フレイアも慌ててキアラの元に向かった。心臓に耳を当てるも、確かに鼓動が聞こえない。頭が混乱する。なぜこんなことになったのだろう？　本当にこれは現実なのか？

　震えて混乱するフレイアの周囲に続々と人が寄ってくる。

「こりゃいかん！　急いで神父を呼べ！」

「よせ、縁起でもない。医者を呼べ！」

「だが脈がないし、やっぱり神父じゃ……？」

「いいから両方呼べ！」

　混乱する召使いたちを横目に、フレイアはふらふらと立ち上がった。キアラが死んでしまった。これはどういうこと？　死んだ？　グラントがキアラを死なせた？　まさか。

（ありえない！）

　頭がぐらぐらする。グラントはどうなるのだろう？　彼はなぜそんなことを？　逃亡生活を余儀なくされて、実はキアラのことを恨んでいた？　いいや、彼はそんな人じゃない。今まではそんな素振り、一度も見せたことがなかった！

　ぐちゃぐちゃに混乱する中でも、フレイアはキアラを寝室へ運んでいく男たちを見送りながら、思いつく限りの指示を出す。

「お湯を沸かして。清潔な布もたくさん用意して。……医師が来る前に、治療に必要なものを揃えて寝室へ……」

　我に返った侍女たちが、慌てたように散っていく。また下男たちは医師や神父を迎える準備をしている。自分も急いでキアラの元へ向かわねば。しかし――。

足が動かない。階段の踊り場でフレイアは立ち尽くした。

それ以前に何としてもやらなければならないことがある。キアラがいない今、グラントを救えるのは自分だけだ。

フレイアは混乱する城を出て馬車で実家に戻り、父のマグライドに自分が目にした一部始終を伝えた。するとマグライドもまた青ざめ、情報を集めるため周りの者に次々と指示を出していく。

「お父様。グラントは本当に再度の蜂起を企んでいたのでしょうか？　お父様は何かご存じなのではありませんか？」

娘の問いに彼は重々しく告げた。

「蜂起を企む勢力があるのは事実だ。グラントは彼らから指導者になるよう求められていた。だが私が知る限り彼は、今のロォムに波風を立てる必要があるのかと疑問を持ち、蜂起をあきらめるよう彼らを説得していた」

「そんな……」

言葉を失う。それでは、叛乱を企む者がいるという王太子の指摘は真実だったのだ。そしてグラントとその勢力との間に接点があったのも。

その後、マグライドの元には次から次へと絶望的な情報が入ってきた。

ルシウス王子は王太子に命じられての調査の中で、蜂起をもくろむ勢力の存在に気づいていたらしい。とはいえ国王の強権的な支配への不満を口にしているだけで、実際に蜂起をする具体的な計画はなしと結論づけていた。

だがキアラの事件後、彼は要塞の兵士に命じて容赦ない叛乱勢力狩りを始めたという。疑わしい者たちを次々に捕縛し、抵抗する者には暴力を振るい、家に火を放った。逃げおおせた者も多かったようだが、その場合は逃亡した男の恋人や妻子を拘束し要塞に連れ帰った。結果、逃亡した男たちは全員自ら投降してきたという。加えて、乱暴なやり方に抗議して食ってかかった領民まで、打ち据えた末に問答無用で捕らえた。

おかげでこの二年間、キアラとルシウスの結婚によって国王への反発が薄まっていたロォムの領民たちは、国王が服従と富を一方的に享受する支配者にすぎず、意に逆らえば暴君に豹変することを思い出した。王軍の突然の暴虐に怒りを燃やし、武器を手に取って要塞の襲撃を叫ぶ者たちまで現れたらしい。

マグライドはそういった勢力が暴走し、不測の事態を招くことのないよう、人を送って説得に当たらせた。キアラの容体についての報せも来た。医師の懸命の処置により何とか脈を取り戻したらしい。だが意識が戻る気配はないとのことだった。心臓が止まっていた時間が長かったため、覚悟をするように、との伝言に父娘共々頭を抱える。最悪だ。二年前、叛乱が失敗に終わった時でもここまで絶望はしなかった。

（どうすればいいの？　私にできることは……？）

ひとつある。考え抜いた末に回答を見出したフレイアは、夕刻になると実家の混乱の隙を衝いてひとり要塞に向かった。

（グラント――）

彼の命を守るためなら何でもする。その一心である。

故郷を守るために戦い、キアラの意志に従って戦いを放棄し、領主としての彼女の働きを見守りながら二年も潜伏生活を送った。そうしながら再度の蜂起を企む者たちに、思いとどまるよう説得をしていたという。彼はただ自分を殺してロォムに仕えただけ。悪いことは何もしていない。

キアラを突き飛ばしたのにも、きっと何か訳があるはずだ。

ヴェルフェンから要塞まで、馬なら三十分ほど。しかし馬に乗れないフレイアは、通りがかった荷車にハルス山のふもとまで乗せてもらった。さらに徒歩で三十分。要塞に着く頃には、すっかり日が暮れていた。

防塁を越えてすぐに城門が見えてくる。見上げるほどの高さがある木製の大扉だ。黒鉄《くろがね》の叩き金を鳴らすと、大扉は軋みを上げて少しだけ開かれた。フレイアはそこで政務顧問官の娘と名乗り、王太子に取り次ぐよう求める。

そう。王太子の前で、直接グラントの無実を訴えるつもりだった。

しばらく待たされた後、要塞の奥から出てきた兵士がフレイアを大広間に連れていく。

そこでは宴会が行われているようで、ひどくにぎやかだった。大きなテーブルがいくつも並べられ、テーブルいっぱいに料理や酒が振る舞われ、大勢の兵士がまるで戦争で勝利したかのように浮かれ騒いでいる。

そしてその奥に、一目で特別とわかる席があった。

王家の紋章と、王太子の紋章、ふたつのタペストリーが壁を飾り、その前にひときわ立派な椅子が置かれているのだ。王太子シベリウスは上機嫌にフレイアを出迎えた。

「顧問官マグライドの娘とはおまえか。名は？」

声をかけてくる様子は気さくなもの。

にもかかわらずフレイアは、青灰色《せいかいしょく》の瞳の前に身を晒したとたん、背筋が凍りつくような恐怖を感じた。外貌はルシウスとうりふたつ。自信にあふれた美々しい王子である。しかし身にまとう空気はまるで異なる。

初めてルシウスを目にした時も、その冷然とした佇まいにひるんだものだ。だが彼はキアラと過ごすうち、少しずつ人間らしい表情を見せるようになった。

一方王太子は、二年前のルシウスをいっそう闇深くした印象だった。傲慢さ、冷酷さに人の姿を与えたような、殺伐とした空気が麗しい姿を取り巻いている。

善悪や道理を説いても動かすことのできない人だ。フレイアはそう直感した。まして感情に訴えるなど無駄の極致。

フレイアは正面から王太子を見つめた後、しとやかに頭を下げた。

「フレイアと申します、王太子殿下。男所帯では行き届かぬところもあろうかと、父に言われて参りました。お役に立てれば幸いに存じます」

ちょうどよいことに自分は適齢期の女であり、時には男に言い寄られる容姿を持ち、末端とはいえ貴族に連なる身。王太子が一時傍に置くのにふさわしい女であるはずだ。

シベリウスは「ほぅ」とつぶやき、頭からつま先まで無遠慮に値踏みしてきた。それからくちびるの端を持ち上げる。

「なるほど。ロォムにも話の分かる政治家がいるようだ。おまえの父親のことは覚えておこう」

合格のようだ。フレイアは胸をなでおろした。第一の関門は突破した。

この手の人間に慈悲は期待できないが、借りを作るのを嫌う傾向があり、他人の働きに対しては相応の報酬を支払う。ここに滞在する間献身的に仕え、その褒美としてグラントの助命を乞うのが現実的だろう――それがフレイアの考えだった。

早速王太子の隣りに席が作られ、フレイアはそこに腰を下ろす。彼は無造作に訊いてきた。

「ところでロォムの女領主は死んだと聞いたが本当か？」

「……はっきりとはわかりかねますが、おそらく」

「いいな。実に都合よく事が運んだ」

くつくつと喉の奥で彼は笑う。

「ルシウスは蜂起を企んだ勢力に激怒し、手段を選ばずにあらかた狩り出した。たった一日でだ。おかげで地下牢は叛逆者でいっぱい。今宵は祝宴だ。捕らえた連中の責め苦を肴に飲む酒はうまかろう」

「――……」

　ということは、この騒ぎは叛乱を未然に防いだ祝いの宴なのか。長テーブルにぎっしりと集まり、陽気に酒を酌み交わす兵士を怒りと共に見守る。怒りの大部分は、キアラの犠牲について「都合がいい」と言い放った王太子へのものだが、フレイアはそれを表に出さないよう強く自制した。

　王太子は当然のようにフレイアの肩を抱き、髪に顔をうずめてくる。のみならず、寝室に向かう前の味見とばかり、耳や首筋にくちびるを這わせてくる。フレイアは我慢して酌を続けた。

　身体をなでまわす手に嫌悪を募らせながら、どのくらいの時間がたったのか。

　すっかり宴もたけなわになった頃、ふらりとルシウスが顔を見せた。

「ルシウス！　最大の功労者だ。ここに座れ」

　朗らかな兄の賞賛にも、彼は毛ほども表情を変えない。ただぼんやり前を向いている。こちらを見ているのか、いないのか。一切の感情を失った、あまりに空虚な眼差しを目にしてフレイアはぞっとした。

　すぐ近くまで来たところで、ルシウスはフレイアに向け、席を空けるよう手を振ってくる。立って席を譲ると、彼は当然のように兄の隣りに座った。

　シベリウスもまた自然に弟の肩に腕をまわして酒杯を渡す。

「何をしていた？」

「地下にいる者たちに色々わからせてきた」

「そうか。ボロボロにした遺体を家に届けてやろう。二度と逆らおうなどという気を起こさないよう」

酒宴は非常に盛り上がっている。がなり声を上げ、陽気に笑う兵士たちは、今日一日で自分がいかに手柄を立てたかを自慢し合っている。中には「人がいる家に火をつけた」「拘束した男から女を奪ってやった」などという話もあり、フレイアはいよいよ気分が悪くなってくる。だが何でもないふりをして耐えた。ここに来たのはグラントを助けるため。そのためならどんな努力もいとわないと決めたのだ。

しばらくすると好機に恵まれる。王軍の将校がシベリウスに声をかけ、何やら話を始めたのだ。フレイアは素早くルシウスにささやいた。

「ルシウス様、グラントは……」

「許さない」

「ちがうんです、彼は本当は――」

「僕からキアラを奪った人間は誰であろうと決して許さない。必ず全員、死ぬより後悔させてから殺す」

酒杯をあおっての淡々とした応えに戦慄する。彼はもはや、フレイアはもちろん、シベリウスすら見ていない。虚無を塗りこんだような目で、ただじっと前方を見つめている。

彼の中には今、何もないのだ。ただひとつ――キアラを不意の死に追いやった者たちへ

の報復の他には。

（キアラ――）

　心の中、祈るような気持ちで名前を呼んだ。まだ死んだわけではない。鼓動は戻ったと聞いた。だが長時間心臓が止まっていた影響は大きく、意識を取り戻さないまま死ぬ可能性が高いとも。

（死なないで、キアラ。あなたが死んだら、誰がこの人を止めるの？）

　戦々恐々と見守る中、いつの間にか話を終えていたシベリウスが、目を細めて弟の前髪を指ですくう。

「おまえの仇《かたき》に、好きなだけ思い知らせてやるがいい」

　その時、酒宴の会場の端で大きな声が上がった。と同時に、荒々しい足音が広間になだれ込んでくる。怒号を上げて駆け込んできたのは、手に手に剣を持った数十名からの男たちである。身なりからロォムの男たちとわかった。それも、おそらくは今日拘束された叛乱勢力だろう。

　酒と勝利に沸いていた広間が混乱にどよめく。彼らが衝撃から立ち直る前にルシウスが席を立った。

「やれ!!」

　号令と同時に、叛乱勢力は傍にいる兵士たちへ襲いかかった。彼らは屋内で重宝される小ぶりの剣を持っていた。軽量ながら刺突《しとつ》の攻撃力が高いため、せまい場所で威力を発揮する武器である。そんなものを人数分もどこから手に入れたのか――。

同じことを考えたのだろう。シベリウスがルシウスを見上げる。

「おまえ――」

「僕が何をするのも思いのままだって言ったよね、シベリウス」

不意を衝かれたとはいえ、ロォムの男たち数十に対し、王軍の兵士は数百。数では圧倒的に勝る。

しかし酒の入った兵士たちは次々に斃《たお》れていった。反撃を試みる者もいるが、酔いのせいでまともに動けない者も多い。おまけに兵士たちの手元にあるのは、野外で使われる細長い剣だった。混み合った場所ではどうしても動きが阻まれる。この混戦の中では当然銃も使えない。

とうとう兵士たちは逃げ出し、ほうほうのていで入口に向かった。だがしかし、また戻ってきて絶望的な叫びを上げる。

「入口が外から封鎖されている！」

「出られない！」

「窓だ！　窓から逃げろ！」

正面入口の上には見張りのための窓がある。天井の高い大広間は、その見張り台まで吹き抜けになっていた。見張り台は石造りだが、そこまでは壁に沿う形で、細い木製の階段が設置されている。兵士たちはそこに殺到した。――が。

小さな階段に大勢の人間が殺到したため、負荷に耐えられなくなった木材が音を立てて崩壊する。階段下に押し寄せていた兵士たちの上に、昇っていた者たちごと木材がくずれ落ち、またしても悲鳴が上がった。

混乱の極に陥った広間を青ざめた顔で眺めていたシベリウスは、そこで勢いよく立ち上がり、ルシウスにつかみかかる。

「おまえ、自分が何をしているか分かっているのか!?」

ルシウスは無言で兄の手を取り、捻り上げて背後にまわった。そして上体をテーブルに押しつけ、右手でナイフを首筋に押し当てる。シベリウスが叫んだ。

「何をする!?」

「グラントを脅して、キアラを殺すよう仕向けたな?」

冷ややかな問いに、フレイアは「え?」と声をもらす。ルシウスは押さえつけた兄を見下ろして続けた。

「こいつはグラントのもとへ行き、キアラを殺すよう迫った。言うことを聞けば、たとえ僕に捕らえられたとしても、その後で解放する。聞かなければ、グラントの目の前で君を犯して殺した後、叛乱勢力の誰かを捕らえてやらせると」

「私を……?」

なんということだ。ではシベリウスは、フレイアがグランドの恋人であることを知っていたのか。にもかかわらず、素知らぬ顔をしてフレイアを傍に置こうとしていたと? おまけに――。

「では彼はもう解放されたのですか？　今はどこに!?」

フレイアにとって何よりも大切な問いは、二人に届かなかった。

押さえつけられたシベリウスが肩越しにわめく。

「気は確かか!?　俺はおまえの半身だぞ！」

「知っているさ。どれがどうした？」

「たった一人の生涯の戦友だぞ、ルシウス！」

必死の訴えにもルシウスの虚無は揺るがない。彼はあくまで淡々と応じた。

「馬鹿だな。キアラ以外、この世のあらゆるものに価値を感じなかった僕にとって、どうしておまえだけ例外だなんて思うんだ？」

「ルシウス!?」

「僕にとって、おまえも等しく無価値だったよ」

「よせ……！」

「でも有用な人間ではあった」

「よせと言っただろう!!」

「僕とキアラの結婚を認めればよかったんだ、シベリウス。グラントにロォムを任せて彼女を王都に連れ帰るという形での決着なら、僕も考慮したかもしれない」

兄の耳にくちびるを寄せ、ルシウスは静かにささやいた。

「でもおまえはキアラを殺そうとした。口では適当なことを言っておきながら、おまえはキアラが王都に来ることを望まなかった。あげく僕からキアラを永遠に奪おうとした。だからこんなことになった」

「ただですむと思っているのか!?　おまえも破滅だ！」

「僕はキアラと一緒だ。いつまでもずっと一緒にいるんだ。彼女が死後の世界に旅立ったなら、当然僕もついていく」

「正気か……？」

兄の問いに、ルシウスは弾けたように笑い出した。石造りの大広間中に響き渡る声でけたたましく笑い、苦しそうな息の合間につぶやく。

「それ本気で訊いてる？」

「な……っ」

「正気なはずないだろう？　僕は彼女のこととなると簡単に箍《たが》が外れる」

刃物のような声音で言うや、彼は兄の首に押し当てていたナイフに力をこめる。だが次の瞬間、シベリウスを助けようと駆けつけた兵が、ルシウスに剣を振り下ろした。彼はとっさに飛び退ってそれを避ける。

すばやく逃げたシベリウスは酒瓶をつかみ、タペストリーで覆われた壁に向けて勢いよく投げつけた。そして大きな燭台をつかんで壁に近づき、酒にぬれたタペストリーに火をつける。

強い酒だったのか、タペストリーはみるみるうちに燃え上がった。火は周辺のカーテンにも燃え移っていく。

「さぁ叛乱分子ども、入口をふさいでいる連中に開けるよう伝えろ！　今すぐ逃げないとおまえたちも共に焼け死ぬぞ！」

突然現れた火に、それまで優勢だったロォムの男たちが、ひるんだように動きを止めた。

ルシウスは笑う。

「さすがシベリウス。やることが僕に似ている。でも無駄」

王軍の兵士もロォムの男たちも、炎から逃れようといっせいに入口に向かうが、そこでまたしても大騒ぎが起きた。やはり扉が開かないようだ。ルシウスが軽く言う。

「表の大扉も、裏口も、僕の近衛に命じて外から塞がせたからね。周辺に民家はないし、誰かが火を見て駆けつけるまでには時間がかかる」

「なぜそんな馬鹿な真似を!?」

「だって一人でも逃げられたら困るし」

兄に向け肩をすくめるルシウスに、フレイアは泣きたい気持ちで訴えた。

「ルシウス様、そんなことをしてはロォムの男たちまで……味方まで死んでしまいます！」

「味方？　ここに味方なんかいないよ。蜂起を考えて事の発端となったバカ共も、王軍も、全員キアラの死に責任がある。あぁ……君だけは別だ、フレイア。巻き込んでしまって申し訳ない」

言葉ではそう言いながらも、彼はまったく感情のない、人形のような顔で見下ろしてくる。硝子そのもののような目が怖い。

だがしかし。炎はいまや木材に燃え移り、大広間に煙が漂い始める。もちろんフレイアは死にたくなかった。グラントが無事でいるのか、そうでないのかも定かではない。まだ死ねない。

フレイアは王子に縋りつく。

「ルシウス様、お気を確かに！　このままではあなたも助かりません！」

「最初からそのつもりだ。彼女のいない世界に用はないから」

「ルシウス様！」

「ルシウス！」

フレイアとシベリウスの絶望の叫びが重なる。自分たちだけではない。今やロォムの男たち、そして兵士たちの悲鳴が煙の充満する大広間で絶え間なく響き合う。

そんな中――。

「ルシウス！」

突然、混乱した広間の悲嘆を払うように、高く涼やかな声が降ってくる。

「ルシウス、そこにいるの!?」

その瞬間――それまで怒りも悲しみも憎悪もなく、ただただ空虚だったルシウスの瞳に感情の色が灯るのを、フレイアは確かに見た。彼の顔が人間らしい体温を取り戻す。雲間から差し込む太陽の光に照らされたかのように、少しずつ表情が戻ってくる。

「キアラ!?」

ただひとりの姿を求めて見まわしたルシウスの顔が、ついにまぶしいほどに輝く。よかった。もう心配ない。フレイアはドッと襲いかかる安堵に脱力し、へたり込んだ。

⚜

キアラが目を覚ましたのは、日が落ちて暗くなった頃合いだった。

医師の説明によると、手すりに強く身体をぶつけた衝撃で心臓が止まってしまったのだという。その後、駆けつけた医師の処置によって運良く鼓動は戻ったものの、ずっと意識がないまま眠り続けていたという。

「目を覚まさず息を引き取る可能性もあったため、はっきりとしたことが言えず、各方面への連絡も行き届かず……。亡くなったと誤解した者も多いでしょう。今しばらくお休みになった後、どうか元気なお姿を皆にお見せください」

そう締めくくった医師に礼を言った後、キアラはマグライドを振り返った。

「グラントは？　彼はどうしているの？」

「どうか今はゆっくりお休みください」

「気になって休めないわ。フレイアは？　彼女はどうして顔を見せてくれないの？」

「キアラ様――」

目を覚ましたばかりのキアラを、何とかベッドに押し込んでこようとするマグライドを説得した結果、グラントは王軍から解放され、少し前に戻ってきたと判明した。だがキアラに対する行為を問うため一室に謹慎させているらしい。逆にフレイアは少し前まで実家にいたはずだが、知らないうちに姿を消していたため捜させているとのこと。

「そう……」

キアラはちょっと考えた。

（フレイアはグラントがここにいることを知らないのかしら？）

知っていれば、たとえ謹慎中であるにしても世話を焼こうとするはずだ。

グラントに関しては――階段で突き飛ばされた時、彼の言動は明らかにおかしかった。何か理由があって、意に反することを行わざるを得なかったのだろうと想像がつく。

「なるべく早くグラントに話を聞きたいわ」

「キアラ様、どうか……！」

マグライドが制してくる。だがしかし、そこへ「政務顧問官！」と慌てる声が飛び込んできた。

「フレイア様の居場所が判明しました！　ヴェルフェンに野菜を売りに来ていた農夫が、帰りにフレイア様を乗せ、ハルス山のふもとで降ろしたと話しております」

「何ですって⁉」

キアラは叫んだ。ということはフレイアは単身、王軍の要塞へ向かったのだ。マグライドと顔を見合わせて青ざめる。

「ルシウスは？　彼は今どこに？」

「それが……」

マグライドの口から出てきた答えは耳を疑うものだった。

王軍をあげての叛乱勢力狩りが行われ、ルシウスは人質を取るなど強硬な手段を用いて、疑わしい者たちを全員要塞へ連行した。その際、抵抗したために家を焼かれたり、家族が暴力を受ける被害が多発し、激怒したロォムの領民たちは今にも徒党を組んで要塞へ攻め込まんばかりだったという。

「じゃあルシウスも今は要塞にいると見てまちがいなさそうね」

目を覚まして早々、ひどい事態である。だが少しだけホッとする気持ちもあった。そういうことならフレイアは心配ないだろう。彼女はキアラの一番の友人である。ルシウスも敬意を払うにちがいない。

だが要塞にはシベリウスもいる。やはり心配だ。

「グラントに会うわ」

キアラはすぐに着替えて、軟禁されている彼の元へ向かった。

城の一室にいたグラントは、すっかり憔悴《しょうすい》した様子だった。粗末な衣服をまとい、顔には殴られたような痕がある。大きな身体を縮めるようにして、沈痛な面持ちでベッドに腰かけている。

彼はキアラの顔を見るなり、神への感謝を口にした。そして「生きていてよかった」と声を絞り出し、予想通り、シベリウスからキアラを殺すよう脅迫されたと話す。

「むろん本気で殺すつもりはなかった。階段から落とすように見せかけて手すりに向けて突き飛ばしたのは、君がそこにつかまるか、そうならずとも手すりで衝撃を殺せれば、落ちるにしても致命的な事故にはならずにすむのではないかと――」

まさかその衝撃で心臓が止まってしまうなどとは、想像もしていなかったという。

「本当にすまなかった。無事に目を覚ましてくれてホッとしている。君に何かあればフレイアに申し訳が立たない」

両膝に手を置き、深々と頭を下げてきた相手に、キアラは性急に切り出した。

「グラント、今すぐ私と一緒に来てくれる？」

「どこへ？」

「あなたがまだ要塞にいると勘違いして、フレイアが一人で要塞に向かったみたいなの。取り戻さないと。それに捕まった人たちの処遇についても話し合いが必要だわ」

グラントは一も二もなくうなずき、二人で出発することになった。念のため後からロォム軍の小隊を送るようマグライドに指示し、先に二人で馬を飛ばして要塞に向かう。

普通であれば就寝の支度をする時間である。あたりは真っ暗だった。グラントが松明《たいまつ》で道を照らす。

要塞に近づいていくうちにキアラは目を瞠った。

「見て！　火が出てるわ！」

奇妙だ。外からわかるほどの出火があり、要塞には大勢の兵士がいるはずだというのに、衛兵の姿ひとつ見当たらない。要塞の前まで来たところで違和感はますます大きくなった。中から悲鳴が多数聞こえてくる。一体何が起きているというのか。

「中の人間は何をしているんだ？　なぜ逃げない？」

馬を降り、要塞に向けて駆け出したグラントの松明が、要塞の城門を照らす。と、そこには大きな扉を隠すほど大量の土嚢《どのう》が積み上げられていた。

あ然としていると、背後から声がかけられる。

「ロォム伯！」

振り向けば、ユーゼフを始めとするルシウスの近衛が三名、馬に乗って近づいてきた。

「どうしたの？　なぜこんなところに？」

「何と言いますか……」

いつも迷いなく動くユーゼフが、めずらしく歯切れ悪く説明する。

それによるとルシウスの近衛は、日が暮れてしばらくたった頃、主人から奇妙な命令を受けたという。

元々要塞の周囲には、土嚢で即席の防塁が築かれていた。ルシウスは、それをくずして要塞の出入口をすべて土嚢で塞ぎ、中から誰も出られないようにせよと指示したのだ。

「さらに、それが終わったら王都への遣いに赴くよう命じられました。ですが何やら胸騒ぎがしたもので、我々三名だけ様子を見に戻ってきたのです」

「意味が分からないわ。ルシウスは何をするつもりなの？」

「我々には、叛乱軍の残党を完全に殲滅《せんめつ》すると仰っておりました」

とはいえ、そう言うユーゼフもどこか腑《ふ》に落ちない様子である。

キアラは要塞の外壁を見上げた。一階に窓はない。だが正面の大扉の上に、見張り用の窓がある。そして今は、扉の前に堆《うずたか》く土嚢が積まれているため、工夫すればそこに手が届きそうだ。

「あそこから中に入りましょう」

キアラが土嚢を登り始めると、グラントや近衛たちもついてきた。土嚢の一番高いところでも、窓まではまだ高さが足りなかったが、グラントがキアラを肩に乗せてくれたため、何とか窓に取りつくことができた。腕の力で這い上がり、下からロープを受け取って要塞の内側に入っていく。

とたん、キアラは煙に巻かれて咳き込んだ。内側は見張りの兵士が集まる場所のようだ。

床は石でできており、周囲に木製の手すりがある。そこから下に向け、壁に沿う形で木製の階段が続いていた。

キアラはひとまず、見張り場の石柱にロープを結んで外に投げ落とす。

見張り場の高さは三階から四階相当。一階の大広間の上にあり、吹き抜けになっているため下が一望できた。が、煙で視界が曇り、階下に人が大勢いることしかわからない。それぞれ逃げまどい、阿鼻叫喚の状況になっている。

「ルシウス！」

せまい階段を下りながら、キアラは皆の怒号に負けないよう精いっぱい声を張り上げた。

「ルシウス、そこにいるの!?」

「キアラ!?」

応えはすぐに返ってきた。

「キアラ！　あぁ奇跡だ!!」

人込みをかき分け、階段のほうに近づいてくるルシウスの姿が目に入る。キアラはひとまず安心した。だが問題がひとつあった。階段が途中でくずれ落ちていたのだ。

二階くらいの高さで足を止めたキアラに向け、ルシウスが両腕を広げる。

「受け止めるから！　飛び降りて！」

キアラは少し逡巡《しゅんじゅん》したものの、このままでは煙に巻かれるだけと意を決し、言われた通り手すりを乗り越え、彼に向けて飛び降りる。

ルシウスはしっかり受け止めてくれた。そのままキアラを全力で抱きしめてくる。

「本当にキアラだ！　嘘みたいだ。生きてる！　よかった！」

まるで大型犬のように、キアラ、キアラ、と名前を呼びつつ顔をこすりつけてくる彼を落ち着かせ、改めて惨状に目を向けた。

「これは一体どういう状況なの？」

「説明すると長くなる」

きまじめな答えに首を傾げた時、フレイアも駆けつけてくる。

「キアラ！　目を覚ましたのね。来てくれて本当によかった」

一体何があったのか。彼女は地獄を見たという顔をしていた。抱擁に応えながら見れば、その後ろにシベリウスもいる。

キアラは皆に言った。

「とにかく、このままじゃ皆死んでしまうわ。早く逃げないと」

シベリウスが顎で弟を指した。

「ところがそこの馬鹿が表も裏も出入口を塞いでくれたせいで、出るに出られなくなっている」

「そうだわ。なぜそんなことしたの？」

「てっきりキアラが死んだと思って、僕ちょっと腹が立っちゃって……」

いたずらの失敗を告白でもするように、ルシウスは頭をかきながら返してくる。

なおわからない。だが問い詰めている余裕はない。

キアラは頭上の見張り台を振り仰いだ。

「上にグラントたちがいるわ。階段からロープを垂らしてもらえば……」

「グラントが!?」

フレイアが叫び、必死に上を見上げる。しかしシベリウスは顔をしかめた。

「一人ずつ、あそこまで上れと？」

指摘はもっともだ。不可能ではないだろうが、数人が上っている間に他の者は焼け死んでしまう。

ではどうするか。あたりを見まわして考えようとしたところ、ルシウスがそっと訊ねてくる。

「一応確認なんだけど——キアラ、ここで僕と一緒に死ぬのはいや？」

「当たり前でしょう？　私たちは寿命いっぱい、やらなければならない仕事をこなしつつ、幸せに生きるのよ」

そのとたん彼は破顔した。

「さすがキアラだ！」

再び抱擁した後に、じゃあ行こうか、と身を離す。シベリウスがぼやく。

「どうやってここを出るつもりだ？」

「地下の武器庫に火薬があるじゃないか、シベリウス。思いつかないなんてどうかしてる」

しれっと弟に言われ、王太子は屈辱に顔をゆがめた。

「要塞の外壁が最も薄い場所はどこだ」

「薄い場所はないけど、西側の斜面に面した壁が一番避難しやすいだろうね」

兄弟のやり取りの間に、また別の声が割って入る。

「待ってくれ！」

叛乱勢力の男たちである。血にぬれた武器を手に持ち、汗と煤《すす》で顔を汚した彼らは、ずいっと前に進み出てきた。

「ここで王太子を逃すわけにはいかねぇ！　あんたが言ったんじゃないか、ルシウス王子！　こいつが今回の騒動の元凶で、ロォム伯の命まで奪おうとしたって」

「そうだ！　俺たちを見せしめのために全員拷問し、処刑して街道に首を並べるつもりだったんだろう!?　逃がすもんかよ」

「そいつだけはここで殺す！」

怒りと決意をみなぎらせて詰めよる男たちを、キアラは止めようとした。しかしその前に、ようやく下に降りてきたグラントが人垣をかき分けて姿を見せる。

「よさないか！」

彼はロォムの男たちに向き直った。

「そんなことをすれば後でまた王軍が攻め込んでくる。ロォムは徹底的に戦火に包まれるぞ」

「なぜだ、グラント！　あんたは俺たちの味方だったじゃないか！」

「二年たったんだ。いいかげん負けを受け入れろ」

「あんたは変わっちまった。前はもっと勇ましかったのに」

「キアラのやり方を見て考えを変えただけだ。強大な敵に反撃するだけが戦いじゃない。支配の中でしたたかに生き抜くのも、ひとつの戦い方だと」

グラントはそう言ってキアラを見る。それはキアラにとって何よりもうれしい言葉だった。

領内で潜伏生活を送っていた彼が、今のロォムのあり方を認めてくれた。二年前の判断は間違っていなかったと皆の前で伝えてくれた。

大きな勇気を得て、キアラはシベリウスに向き直った。

「王太子殿下。ここから脱出を果たしたら、あなたの命を狙ったこの者たちを再び捕らえ、処刑なさるおつもりなのでしょうか？」

「その連中が俺の命を狙ったのは確かだからな。立派な反逆罪だ」

「では、皆の前で――あなたの双子の弟、そして王軍の兵士たちの前で約束なさってください。今、この場で彼らが武器を捨てれば、脱出した後も決して捕らえて処罰することはないと」

「――……」

秀麗な顔を不満そうにしかめ、シベリウスはくちびるを引き結ぶ。

「お約束くださるなら、私はここで彼らを止めます」

キアラはそう宣言した。と、今度はロォムの男たちから悔しそうな抗議の声が漏れる。

しかしここは譲れない。

「あなたを生きたまま王都へ返すことこそ、国王への忠誠の証。今後あなた方が攻撃してこない限り、我々も武器を取りません」

「――――……」

腕を組んで黙り込む王太子に向け、ルシウスも言い添える。

「応じるしかないだろう、シベリウス？　それとも、得るものもなく田舎で死にたいのか？」

「失望したぞ、ルシウス」

吐き捨てた兄の前で、彼はキアラの肩を抱いた。

「だって見てよ、僕の妻を。カッコいいだろう？　きれいだろう？　何度だって惚れ直すのも当然だろう？」

そしてこめかみにキスをしてくる。シベリウスは不味いものでも食べたような顔になった。

だが今度こそ無駄を悟ったのだろう。煙に咳き込みながら言う。

「いいだろう。俺の旗にかけて約束しよう。ここから生きて出られたなら、その者たちがしたことを不問に処す」

それを受けてロォムの男たちもまた、グラントに言われて不承不承《ふしょうぶしょう》引き下がる。彼らが全員、武器を床に落とすのを見届け、ルシウスが声を張り上げる。

「武器庫から火薬を持ってこい！　西側の壁を爆破して脱出する！」

「は！」

号令が飛び交い、兵士たちがいっせいに動き出した。

# 第八章

　ロォム側の男たちは、炎に包まれた要塞から大半が無事に脱出を果たしたものの、その前の襲撃の件もあり、王軍――特にシベリウス配下の兵には多大な犠牲が出た。だがシベリウスはその件を、要塞で発生した火災に巻き込まれて死亡したものと処理した。

　キアラは見舞金として王太子に山ほどの銀を贈り、これにてロォムにおける叛乱の疑惑に関しては一定の決着を見ることとなった。

　出発の日、改めてロォム伯の居城の執務室で向かい合ったキアラに、シベリウスは告げた。

「中央とロォムの確執は歴史に根付いたものだ。たとえおまえ一人が頑張ったところで、守られるのはほんの数十年の平和だろう」

「数十年も平和が守れるなら充分です。その間にルシウスと協力し、中央から引っ張り出せるだけの譲歩を引き出し、領民が納得するだけの自治を得てみせます」

「ルシウスはおまえに溺れているようだが、おまえはどうなんだ。どうもあいつを利用しているように見えてならん」

「どうって……」

それまで領主として姿勢を正して応対していたキアラの頬が、じわりと朱色に染まる。

「それはもちろん、好きです。あ、愛しています……」

最後のほうは声が小さくなった。にもかかわらず、続き間にいたはずのルシウスが音を立ててドアを開ける。

「今、キアラの声で愛してるって聞こえたけど、何!?　もちろん僕のことだよね？」

「いきなりどうしたの？」

驚くキアラに足早に近づき、ルシウスは双子の兄をけん制するようにキアラを横から抱きしめた。

「シベリウスは僕の半身だもの。何かの拍子にキアラを気に入ることがないとは言えないし、勝手に王都へ連れ帰ろうとしたら即阻止できるようにって、隣りに控えてた」

警戒心たっぷりにまくし立てる弟を目にして、当のシベリウスは鼻の頭にしわを寄せる。

「なんでおまえはキアラが関わるとそうまでポンコツになるんだ」

「屈辱に神経をすり減らし、命の危険に怯え続けた八年間を乗り越えて、今ようやく取り戻した春を謳歌しているところだからね。必死にもなる」

「そうか、思う存分謳歌するがいい。だが俺はあきらめんぞ」

「ん？」

「いつか絶対、おまえを取り戻す」

ルシウスはあきれ混じりに返した。

「まだそんなことを？」

「あぁ、要塞で久しぶりにおまえの本性を目の当たりにして血が滾った。ロォムで平和に暮らすうち腑抜けたかと失望していたが、やはり性根は変わっていなかった」

青灰色《せいかいしょく》の眼差しを危うく輝かせ、シベリウスは熱っぽく並べたてる。

「おまえこそ私の影、私の懐刀。傍で私を支えるべき半身だ。絶対にあきらめん。覚えていろ」

王太子の聞き捨てならない宣言を、キアラは真正面から退けた。

「ルシウスは私の夫で、ロォム伯の職務を支えてくれる大事な私設顧問でもあります。彼はここで私と幸せに暮らすのです。たとえ王太子殿下といえど、絶対に渡しません！」

「キアラ……！」

反論の勢いに顔を輝かせたルシウスが、そのまま小首をかしげる。

「私設顧問って何？」

「あなたのために今作ったわ」

真顔で応じると、彼は「愛だね！」と横からぎゅうぎゅう抱きしめてくる。

「キアラ、死ぬまで僕を独占して、君に縛りつけて」

はしゃぐ夫の腕に手を置き、キアラは彼の愛を感じて自信を得た。ルシウスと一緒ならきっと何でもできる。他に類を見ない平和と繁栄をロォムにもたらすことも。二人で良い家庭を築き、誰よりも幸せになることも。

キアラは王太子に向けフッと余裕の笑みを浮かべた。一方シベリウスは苛立ちに秀麗な顔を歪める。

「失礼する！」

そう言い置くと、廊下に控えていた配下の者を引き連れ、足音も高く去っていった。

執務室でそれを見送ったルシウスが、キアラを抱きしめたまま何気なくつぶやく。

「あいつも大概変態だなぁ。あんな目に遭わせてやったのに」

「あんな目って？」

キアラとグラントが駆けつける前のことだろう。あの惨状に至るまでに要塞で何があったのか。非常に気になってフレイアに訊いてみたものの、答えは得られなかった。真っ青になって黙り込んでしまったのだ。よほど怖い目に遭ったと思われる。

ルシウスは抱擁を解いて正面にまわってきた。

「まぁそれはそれとして。愛してるよ、キアラ」

「一体何をやらかしたのよ……」

「どんな君も好きだ。不利な中でも、自分の信じる正しさを貫こうとする君が好き。誇りを持って領主の仕事をしている君も好き。僕にうんざりして離れようとする君だって大好きだ。絶対に逃がさないけどね」

そう言いながら、彼はキアラに何度も小さな口づけを降らせてくる。

「敵を蹴散らすのは僕にまかせて。君はただ信じる道を進めばいい」

「ルシウス……」

甘い雰囲気に流されそうになりながらも、こんなことをしている場合ではないと思い出した。言うまでもなく今は執務中である。おまけに仕事が山積みである。

だが制止の声はなかなか形にならない。心地の良い時間を、あと一秒だけ、あと一秒だけ、と延々とくり返す。

しかしそれも、彼の手がキアラの下肢にふれてくるまでだった。無遠慮な指に繊細な動きで割れ目をなぞられ、キアラは我に返る。

「こら……っ、ここをどこだと思っているの？」

「ロォム伯の神聖な執務室だ」

「わかっているなら……」

拒もうとするキアラの耳を、彼は懇願のささやきでくすぐってくる。

「ここでしたい」

「だっ、……ダメに決まってるでしょ……!?」

「どうして？」

「どうしてって……」

そういう行為は夜に寝室でするものだ。まぁ、居間のソファの上でしたこともあるが、ともかく昼日中《ひるひなか》に、このような、誰が来るとも知れない場所ですることではないのである。

キアラの説得に、ルシウスは恬《てん》として応じた。

「鍵をかければ大丈夫」

「大丈夫なはずないでしょう？」

「キアラ、真っ赤だよ。可愛い」

「あなたがあまりに破廉恥なことを言うから……！」

「破廉恥！　いい響きだ。今日は思いきり破廉恥にいこう」

そう言うと、ルシウスは素早く扉まで行き、鍵をかけて戻ってきた。

「ね？　これで誰にも見られない」

「でも人が来たら、中で何をしているのかわかっちゃうわ……」

「ふしだらでドキドキするね」

「ルシウス……！」

まだ理性をぬぐい去ることのできないキアラの耳朶に、ルシウスがとびきり甘い声を注ぎ込んでくる。

「ここでさせてくれるなら、君にステキな贈り物をするよ」

「何？」

「ハルス山の要塞。あれを君にあげる」

「……え？」

「王軍を撤収させ、代わりにロォム軍に引き渡す」

「まさか……」

キアラは耳を疑った。あれほど便利な立地にある要塞はない。ロォムの中で衝突が起きようが、外から攻めてこられようが、あの要塞さえあれば戦闘を有利に進められるはずだ。それを王軍が自ら手放すなど、あるはずがない。

だがルシウスは、青灰色《せいかいしょく》の目を意味深に細める。

「結納品として、なかなか洒落てない？」

「……いいの？」

「いいもなにも、最初からそのつもりだった。シベリウスへの手前、王軍が使うことにして建てたけど、建設の本来の目的は、今後王軍が攻め込んで来た時への備えだ」

「どういうこと？」

「僕がキアラと結婚してロォムに骨を埋めるなんて言えば、シベリウスが血相を変えて取り戻しに来るのは予想できた。その時、僕が率いている少数の手勢では太刀打ちできないだろうから、要塞を建てて準備してたっていうか？」

実に軽やかに打ち明けられ、キアラはあ然とする。

「てっきり王軍がロォムの支配を強固なものにするためかと……」

「そんなの、僕とキアラが手を組めばいい結果につながるに決まってるし、恩恵をもたらせばいずれ領民も受け入れてくれるだろうし、そうすれば叛乱の機運は下火になるのはわかっていた。要塞に頼るまでもない」

「ルシウス……」

「惚れ直した？」

最初からそこまで覚悟を決めてくれていたことに感動はする。がしかし、得意げな微笑みを前にすると、素直に称賛するのもなんだか悔しい。キアラは彼のくちびるにキスをした。

「要塞はほしいわ。とても」

「そう言うと思ってた」

「……で、いつくれるの？　結婚式の日？」

「それは君の振る舞い次第」

「え？」とつぶやくキアラから一歩離れ、彼はいつもとちがう高圧的な口調で命じてきた。

「ほしければ僕の要求に応えるんだ、ロォム伯」

妖しい微笑みを浮かべながらだ。半分以上冗談なのは伝わってくる。しかしまるで王子の立場を笠に着るかのように冷酷な口調は、彼によく似合っていて、キアラはドキドキしてしまう。

「私にできることなら、何なりと。殿下」

冗談に応じ、へりくだって答えたところ、彼はさらに続けた。

「ここで、今すぐ裸になれ」

「────……!?」

キアラは息をのむ。ちらりと見上げ、本気？　と視線で問うも、ルシウスは冷然と見下ろしてくるのみ。いや、態度はともかく瞳は期待に輝いている。思いきり本気のようだ。

しばし迷った末、キアラは応じることにした。

「……かしこまりました。それではひとまずカーテンを──」

「閉めるのは許さない」

逃げ道を塞ぐように言われ、恨めしい思いで見上げる。しかしやがて観念し、キアラは彼の手伝いも受けながらドレスやらコルセットやら下着やらをすべて取り除いていった。

しばらくして、ついに生まれたままの姿になる。ずっと仕事をしてきた場所で。これまで一度も、ここでこんなことをするなんて想像すらしなかった場所で。

もじもじしていると、ルシウスは裸のキアラを領主の椅子に座らせた。

恰幅のいい男も余裕で座れる、大きなひじ掛け椅子である。威厳を示すかのごとく、背もたれはキアラの身長と同じくらい高い。

ルシウスはキアラが脱いだドレスの中から、ウェストに巻かれていた幅広の長いリボンを拾い上げると、その両端でキアラの左右の手首を縛り、中央部分を背もたれにひっかけた。

「何をするの……!?」

椅子の背もたれは、キアラの頭よりもかなり高い位置にある。畢竟《ひっきょう》、キアラは両腕を頭上に持ち上げたまま、動かせなくなってしまった。

お尻にあたる冷たい感触にとまどい、羞恥に染まるキアラの頬に、ルシウスはそっとキスをしてくる。もう冷徹な王子のふりは止めたようだ。

「恥ずかしい？」と問う彼をキアラは恨めしい思いで見上げた。当たり前だ。昼日中に、裸でこんな恰好を強いられるなんて。

「この先、仕事をするたびに思い出しそうだわ……」

「いいね。僕は君を愛しているけど、常々仕事を優先されてきたことに思うところがないわけではないから」

「……不満だった？」

「そんな君を尊敬する。けど、僕がこんなにいつも君のことばかり考えているのに、君は仕事中、僕のことを忘れるんだろうなとは思ってた」

そう言いながらルシウスはキアラの膝を持ち上げ、ひじ掛けにひっかけてしまう。さらには自分のクラバットとサッシュベルトを外し、左右の膝をそれぞれのひじ掛けに縛りつけてしまった。

「ちょっと……!?」

どれも柔らかい布であるため、痛みはない。だがそういう問題ではない。加えてソファに置かれていた大きなクッションを腰の後ろに差し込まれ、抗議の声に戸惑いが混ざる。

「何をするの？　放して……」

生まれたままの姿で大きく脚を開かれる卑猥な恰好にされたばかりか、完全に逃げる自由を奪われ、さすがにひるんでしまう。だがルシウスは自分の「作品」の出来栄えを見て満足そうにうなずいた。

「素晴らしい光景だ。絵画にして残したい」

そして繋がれた妻の前に恭しく跪《ひざまず》く。

「世界一美しい、僕の領主――」

うっとりと振り仰ぎ、彼は日の光を受けて白く輝く肌に手を這わせてくる。敏感な両の内腿をなで上げられ、キアラは息を震わせた。

「こっ、こんなの……っ」

「要塞と引き換えに、何でもするって言ったよね？」

「言ったけど……！」

こんな過激な行為は想定外だった――と今さら後悔しても、時すでに遅し。

ウェストを伝って這い上がった手は、胸のふくらみを、すくうようにしてたぷたぷと弄ぶ。そうしながら、早くも焦れ始めた先端を親指の先で転がした。

「そもそも僕がひどく嫉妬深くて、独占欲が強いたちなのは、想像がつくんじゃないかな？」

「はぁっ……」

どんな形であれ、行動の自由を奪われるなど生まれて初めてだった。不安だ。なのに、動けずにもがく姿を見つめられていると思うと、胸の先が硬く尖ってくる。そこを親指の先で引っかくようにして弾かれ、押し潰され、キアラは身をよじる。

「あ、ぁ……っ」

敏感な箇所を執拗にしごかれ、身体の内側でいやおうなく淫らな熱が高まっていった。こんなやり方はどうかと思いながら、不覚にも腰が甘く痺れ、じっとしていられなくなる。とはいえ両腕を高く上げた状態で拘束されているので、ただ胸を突き出すようにして身悶えることしかできない。たぷんたぷんと揺れる双乳が、彼の目を楽しませていることは容易に想像できた。

「僕は、本当はすごーく束縛したがりなんだ。でも嫌われるからやらない。それだけ」

意味ありげに肌を這いまわる手のもう片方が、臍《へそ》のくぼみをいじる。

「いやっ、くすぐった……ぃ、……ぁんっ……」

「君の行動を縛ることはできないんだから、生身の君くらい縛らせてくれ」

「やりすぎ、よ……っ」

「そのくらいじゃないと忘れちゃうだろう?」

しばらくすると両手がまたウェストに降りてきた。尻をなでまわし、太腿をたどって縛られた膝へ移動する間に、ルシウスは晒された内腿に口づけて、きゅっと跡をつける。

「はん……っ」

「仕事中も僕を思い出して。ここで、僕にこんなふうにされたことを思い出して、たまにはここを濡らして」

舌なめずりしてささやきつつ、ついに両手で脚の付け根にある花びらを開いてきた。

「いや……」

「よく見える。ぬれた君の花びらがひくひくしているのが」

まだ明るい時分にそんなところをのぞきこまれ、羞恥に眩暈がする。

「破廉恥な真似をされて感じているの？　まださわってすらいないのに、こんなにあふれてくる」

言葉にされずとも理解していた。この異常な事態に興奮し、キアラのそこは既にぬれている。花びらを左右に広げられたせいで、とろとろと蜜がこぼれ落ちるのまで分かってしまう。

「知らなかった。君、こういうの好きなんだ？」

「ち、ちがうったら……っ」

「ここ、もうぷっくり尖ってる。ほら見て」

自分のそんな場所は見られない。顔を背けるキアラに分からせるように、彼はふぅっと息を吹きかけてくる。

「やぁ……っ」

「感じる？　期待するみたいに、莢《さや》からつんと頭をのぞかせてるの」

もちろん感じてしまう。元より吐息にすら反応するほど敏感な性感の塊である。彼はそこをぬりゅっと指でつまんできた。

「……んふぅ……！」

鋭い快感が走り抜け、大腿がびくっと震える。だが膝を縛られているため、熱い疼きをどこにも逃がせない。

ルシウスは嗜虐的な笑みを浮かべた。

「動けないね。怖い？」

ささやきは興奮に満ちている。キアラを責める行為を愉しんでいるのだ。そう思うと妙な反発心が生まれてしまう。

「別に……。あなたが私を傷つけるはずないもの……」

平気なふりをするキアラに、彼の微笑みがさらに愉快そうに歪んだ。

「それはその通り。でも傷つけなくても、ひどいことはできるんだよ」

歌うように言って、ルシウスはこちらに見せつけるように舌をのばし、そこにしゃぶりつく。

「————……っっ」

胸への愛撫で、すでに硬くなっていた突起には無情な仕打ちだった。びりびりと足の裏まで痺れるほどの快感に襲われ、キアラは背筋を弓なりにしならせる。

「ひぃあぁ……！」

がくがくと震える大腿を両手で押し開き、ルシウスは動けないキアラの淫核を熱烈に舐めまわした。舌を使い、硬くなった性感を押しつぶしては吸い上げ、甘く噛んでくる。それまでとは比べものにならない淫蕩な責め苦に、キアラはクッションの上で腰を突き上げて悲鳴を上げた。

「やぁっ！　……それ、つよっ……ぁあっ、いやっ、ぁあっ、あぁン……！」

舌先で性感の塊が踊るたび、身の内をこみ上げる歓喜に上体がびくびくと震え、際限なく「あぁっ、あぁっ」と淫らな声が漏れてしまう。腰骨が煮溶けてしまいそうだ。まるで生き物のように、がくがくと腰が跳ね踊る。

だが膝が固定されているため、その動きはひどく中途半端なものになる。快感を逃がせない。それは途方もない苦悶につながるのだと思い知った。底のない快感の沼に引き込まれ、その中でもがくしかない。

実際、キアラはあっという間に昇り詰め、そのまま高みから降りてこられない状態だった。執拗に嬲られ続け、全身を強烈な恍惚に貫かれたまま、ただぶるぶると身を震わせるばかり。何度も気が遠くなり、そのたびに淫蕩な口淫によって否応なく現実に引き戻されることをくり返す。

「いやっ！　いやぁっ、ぁぁぁっ、……とまって、……もう、とめてぇぇ……っ」

被虐的な懊悩の中、キアラは悲鳴まじりに懇願の声を張り上げる。にもかかわらず、ルシウスは「僕、ここを舐めるの好きだな」と笑みを浮かべてうそぶいた。

「快楽でおかしくなったキアラの顔が見られるから。ねぇ、達くことしか考えられない顔、見せて？」

淫らな責め苦に熱中するうち、まるで人が変わってしまったかのよう。いつも優しい彼の、思いがけず酷薄な顔は、キアラを容赦なく追い詰めてきた。

ぬるぬると熱い口腔内で振動を与えるように性感を嬲られ、甘く吸われ、キアラは達きっぱなしの身体を絶え間なく痙攣させる。

「や、ぁ、ぁぁッ……！」

領主の椅子の上で、陸に上げられた魚のようにびくびくと跳ねる。高みから高みへと押し上げられ、際限なく全身を貫く歓喜の責め苦に悶絶する。にもかかわらずルシウスは、硬く凝った淫芯を飽きずにくりゅくりゅと舐り続けるのだ。

やがてキアラは気を失ったようだった。

気がつくと拘束を解かれ、ルシウスに抱き上げられている。彼はぐったりとしたキアラの身体を、執務机の上にうつ伏せにした。

朦朧《もうろう》とする中、胸の柔肉がむにっと自分の体重に潰れるのを感じる。ひんやりとした机の感触を心地よく感じる中、背後でルシウスが言った。

「今度は中で達く練習をしよう。中で快感を得られると達きやすくなるらしいから、今後のためにね。たくさんたくさんつき合ってあげる」

したたるような残酷さに満ちたセリフと共に、熱く硬い欲望が後ろから一気にねじ込まれてくる。

「あっ、あぁあぁ……！」

内臓を押し上げる激しい淫撃にずんっと奥を突かれ、快楽にもみくちゃになっていた身体は、あっさりと昇り詰めてしまった。ずっしりと奥まで圧する昂りは、いつにもまして大きく、いきり立っている。おまけに体勢のせいか、いつもより深く奥を抉ってくる。

「……ぁ、ぁ……ぁふ……っ」

長大な欲望を受け入れ、息も絶え絶えのキアラを見下ろしてルシウスは喉の奥で笑った。

「僕のもの、そんなに悦かった？」

「ぁ、いいっ、いい……っ」

赤裸々にあえぐキアラの細腰をつかみ、彼は絶頂の余韻にぎゅうぎゅう締めつける媚肉を無遠慮に押し拓き、かきまわし、限界まで深く突き込んでくる。ずんっとずんっと重い衝撃に突き上げられ、キアラは立て続けに高みへ追いやられた。

「やあっ、あぁンっ、はげし……！」

甘い悲鳴を上げてのたうつ痴態に煽られたのか、余裕のない手つきで腰をつかんだ彼の律動が速くなる。

「しゃぶられて気持ちいい……っ」

「あぁっ、……あぁっ、あっ……！」

パンパンパン、と肉を打つ甲高い音とともに、目裏で光がちかちかと明滅する。

先ほどの淫虐に加えての激しい行為に、キアラはもはや自分が達しているのか、そうでないのかもわからないほどの快楽の波に翻弄されていた。にもかかわらずルシウスは、取り憑かれたかのようにキアラを穿ち続ける。敏感な場所はわかっているとばかり、怒張の切っ先で性感をくり返し責め立ててくる。

「あはぁっ、あぁっ、いやっ、ぁあっ、ぁあぁ……っ」

「本当は君を王都に連れて帰りたい。僕の屋敷に閉じ込めて、僕以外の男とは顔を合わせない生活をさせたい。朝も昼も夜も、好きな時に好きなだけ君を抱きたい。縛って、目隠しをして、許しを請うまで抱いて、僕以外のことは考えられないようにしたい。でも――」

苦悶に首を振るキアラの中に深く突き入れ、彼はつながったまま、ぴったりと背中に覆いかぶさってきた。

「そんなことをしたら嫌われるから、やらない。いつもいつもそう」

「ルシウス……」

「それでも今日は――今日だけは逃がさないよ」

何しろ要塞と引き換えなのだから。言外にそう言い、彼はうなじに噛みついてきた。

「あぁぁ……！」

奥までずっしりと征服された身体は、それすら快感に変換してしまう。いまだ絶頂を引きずる下腹がくるおしく疼く。

ルシウスは身体を深くつなげたまま、キアラを腕の中に閉じ込める形で奥ばかりをぐっぐっと抉り始めた。

「いやぁっ！　あぁっ、あっ、あっ、あぁっ……！」

逃げられない快楽に苦悶し首を振る。ずんっずんっと突かれる傍から達ってしまう。それでも許さず、無慈悲に内奥をごりごりと擦ってくる。太い快感で脳髄まで串刺しにされ、揺さぶられる感覚。

落ちる間もなくさらなる高みへ押し上げられ、もうダメとしゃくり上げるキアラに、ルシウスはさらりと答えた。

「もう少しがんばろう？　僕を満足させれば要塞は君のものになる」

熱に浮かされたような眼差しでキアラを見下ろし、彼が言う。今なら何をしても嫌われない。そう確信する彼の――いつもは注意深く隠している素が、露わになった瞬間だった。

キアラはようやく、皆がルシウスを恐ろしいと言う意味が分かった気がした。

この人はおかしい。どこか壊れている。キアラといる時はまともな人間に擬態しているだけ。初めてそう実感する。それでも――キアラはその狂った執着がうれしかった。それほどまでに欲してくれる想いがうれしい。

（けれど……なんて哀れな――）

キアラを快楽漬けにして、自分から離れられないようにしようという稚拙な考え方はまるで子供。彼の中身は今も、荷物を没収してキアラの帰郷を阻もうとした頃のままなのだ。

まともに育てられなかった子供のなれのはて。

ここに至ってようやく彼の正体をつかみ、たまらない愛おしさに胸を衝かれる。

彼にはキアラしかいない。その事実にこんなにも心震えるとは。

彼が果て、身体の中から興奮したものがずるりと引き抜かれた時、キアラは上体を起こして肩越しに振り返った。

「……私はどこにも行かないわ。あなたの傍にいる。あなたの妻だもの……」

不自由な体勢のまま　キアラは机の上を這うようにして彼に向き直り、訴える。

「こんなこと、する必要ないのよ」

愉悦に痺れる身体を叱咤して起き上がり、立ち尽くす彼にキスをする。

「ようやくわかったわ。私が何を言っても、あなたは心のどこかで、自分だけが私を愛していると思い込んでいるのね」

「キアラ……」

「バカな人」

彼の肩を押して、キアラは彼を領主の椅子に座らせた。そしてその前に立つと、まだ半分勃ち上がっている彼のものを手で包み込む。彼を見つめたまま、ぬるぬるとゆっくり扱くと、それは瞬く間に硬度を取り戻していった。ビクビクと逞しくいきり立つ楔の上に、キアラは慣れないながら、自ら腰を沈めていく。

「……あ、ぁ……！」

身体の中心を深々と貫かれ、頤を上げて喘ぐ。

「キアラ……」

信じられないと言わんばかりに目を瞠る夫の顔を、キアラは優しくなでた。

「あなたは病気よ。愛しているという私の言葉を信じられない病気」

「あぁ……」

ルシウスは自分の顔を手で隠す。

「そうだったら嬉しい。でもそんなはずない。本性を知ったら君は絶対に僕を……！」

つながったままの体勢で、キアラはルシウスの手をどけて、彼の顔をまっすぐ見つめた。

「知ったら何よ。あなたがどんな人間であれ、私が道を踏み外させたりしない」

キアラはくちびるを重ね、彼の中を侵す深いキスをする。舌を絡め合わせて想いを伝え、自分の覚悟を分からせる。同時に彼のシャツの前を開いて引き締まった腹筋をなでまわし、ねだるように腰をくねらせる。

結合部がぐちゅぐちゅと音をたて、キアラの中で逞しい剛直がひときわ大きくなった。

媚壁を拡張され、奥まで征服される心地よさに「ん……っ」と身ぶるいする。

「愛してる……。本気よ。信じて」

「……嘘だ……」

「要塞なんかなくたって、あなたはいつでも私を好きにできる。私が許すわ。信じて……」

彼の肩に手を置いて、根元まで咥えこんだ屹立の圧迫感を蜜洞で味わっていると、ルシウスが下から突き上げるように律動を開始する。

「あっ……はぁっ……ぁぁ……！」

高く喘ぐキアラに腕をまわして、彼は強く肢体をかき抱いてきた。

「縛るの大好きなんだ。僕に縛られて動けない君を想像するだけで何度でも達ける」

「変態……っ」

「あは……！」

その言葉にルシウスは感動したようだ。昂りがびくびくと太くふくらみ、内奥の性感をずくずくと甘苦しく抉ってくる。キアラを抱きしめていた右手が結合部へと下がり、下生えにちくちくと刺激されていた淫芯を優しく嬲る。

「君はそんなこと言えるの？」

「やめてぇっ！　……いまはダメ……！」

強い快感に鞭打たれ、蜜路が思いきり締まった。「ん……っ」と息を詰めたルシウスが、激しく深く何度も突き上げてくる。彼の肩にしがみつく腕に力がこもり、はだけた胸板に潰れた乳房が擦れて疼く。突き上げに合わせてキアラも腰を振り立て、執務室には二人分の淫らな息遣いと、椅子のきしむ音、ぐちゅぐちゅという水音だけがしばらく響く。快楽の果てに向け、共にまっすぐに駆け上った二人は、口づけを交わしながら昇り詰める。

「んっ、ん、ん、んぅ……！」

迸る欲望を中で受け止め、キアラは甘い歓びに身を震わせた。しばらく陶酔に身を任せた後、ハァハァと息を乱して、汗ばんだ夫の胸にもたれかかる。

「……今まで、想像のなかで私を縛っていたの……？」

「うん。……ベッドに縛りつけて、動けない君を何度も抱いた。現実ではとてもできそうにないけど……」

赤裸々な告白に、キアラは「う～ん」と目をつぶって悩んだ。

「……ケンカをしている時や、あなたが怒っている時には許さないわ。……でも何か特別な日に、愛情表現としてなら、まぁ……」

「いいの？」

とたんに目を輝かせる夫を、苦笑交じりに見つめる。

「愛しているわ。信じて。――あと、ごめんなさい」

「なに？」

「八年前、あなたを置いて帰ったこと、まだ謝ってなかった」

「キアラ……」

ルシウスは抱きしめるキアラの肩口に顔をうずめてきた。

「さみしかった……。君がいなくなって、ずっとさみしかった……」

「ごめんなさい」

「でも、君がいたから生き延びられた」

顔を上げて、彼は笑った。

「ね、正直なことを言うよ」

「なに？」

「縛った君をとことんよがらせてからメチャクチャに抱くの、すごく興奮する。でも」

耳元にくちびるを寄せ、色めいた声を鼓膜に注ぎ込んでくる。

「君に押し倒されて、『変態』って蔑まれるの、もっと興奮するかも」

「変態！」

思わず目の前の胸板をたたいたキアラは、次の瞬間、相手と目を合わせて笑い出した。

二人でくすくすと笑いつつ、またくちびるを重ねる――。


甘い時間を堪能する二人は知るよしもなかった。

その間、廊下ではフレイアが、執務室に近づく者を片っ端から追い払っていたということを。

⚜

ハルス要塞の火災から二週間。王太子シベリウスが軍を率いて立ち去ってより十日。

キアラとルシウスは城内の小さな聖堂で結婚式を挙げた。

好天に恵まれた中、城の前庭では祝いに訪れた領民たちに菓子と酒が振る舞われ、彼らは要人を招いての大広間での食事会を抜け出して、時折姿を見せるロォム伯に歓声を上げた。

キアラは今日、フレイアが用意してくれた花嫁衣装に身を包んでいる。彼女の計画のもと、領内の女たちが協力して仕立ててくれた純白のドレスだ。フレイアが言うには、子供から老人まで、領内に暮らすすべての女性が少なくとも一針は手伝ってくれたらしい。キアラにとってはその事実が何よりのお祝いだった。

祝う声はもちろん、ルシウスにも向けられている。そこには政略にとどまらない二人の関係や、ロォムへの貢献に対する評価がこもっていた。

「最初はいけ好かないよそ者としか思わなかったけど。二年間ずっとキアラ様の傍にいたっていうのが意外だねぇ」

「本当に！　すぐ王都に帰っちまうと思ってた。でもいつ見ても仲睦まじいし、こりゃあ本当に仲のいい夫婦なのかもしれないね」

「まぁ、そうじゃなきゃ要塞をぽんっと贈ったりしないだろうさ」

「違いない！」

喝采の中、女たちのそんな会話が聞こえてくるかと思えば、

「あの要塞のおかげで、もし王軍が攻め込んできたとしても、大分有利に戦えるように

なったって」

「そもそもあの王子、ロォムの叛乱勢力の味方をして、王太子の軍勢を追い払ったってしいうじゃないか。だからこの結婚式にも王太子は出席しないし、祝いもよこさないって」

「俺ぁてっきりルシウス王子は国王の手先だと思ってたが、違ったみたいだな」

「あぁ、グラント様も認めたらしいし」

「ブドウの栽培がうまくいけば、白ワインも手に入る！　いいこと尽くしだ！」

　という男たちの声も届く。

　キアラは誇らしい気分でルシウスを振り仰いだ。白を基調とした王子の礼装でこの場に臨むルシウスは、妻としてのひいき目を抜きにしても輝くほどに美しい。

「やっぱり要塞をロォムに譲渡してくれた効果は大きかったわね。みんな、あれでようやくあなたを全面的に信用したみたい」

「あぁ、ここの住民はなかなか頑固だったよ。二年もの間、僕がこんなにキアラが大事だって言い続けても全然信じてくれないんだから」

「言いすぎていたせいで逆に信憑性《しんぴょう》を疑われていたのよ。私がそうだったもの」

「心の底からあふれ出て止まらなかったんだけどな」

　軽く言ってキスをしてくるルシウスに、キアラは改まった口調で言う。

「感謝しているわ。ありがとう」

「どうしたの？　急に」

「ずっと、男に生まれなかったことが悔しくてたまらなかった。でも今は女でよかったと思うわ。あなたと結婚できるから」

「領主に男も女もないって、君は自分の力で示してみせた。ロォムの女性たちはきっと、君の姿を見て、自分にもやりたいことを成し遂げる力があるかもしれないって考えるだろう」

まっすぐな称賛にくすぐったさを感じながら、キアラは笑った。

「そうだといいけど」

「最初に君に人生を変えられた人間が言うんだからまちがいない」

自信たっぷりに言った夫に、キアラは愛をこめてキスを返す。

「ありがとう。いつも私を肯定してくれて」

「こっちこそ。キアラのことを大好きすぎる僕を受け入れてくれてありがとう。振られたら犯罪者になるしかなかった」

「……怖いことを言わないで」

呆れるキアラに、彼は麗しい微笑みを向けてきた。

「君がいて、僕がいる。僕の世界は、ずっとそれだけ」

まったく共感も感心もできないことを堂々と言われ、苦笑するしかない。

「誓いの指輪も出る幕がないわね」

「正直に言えば、指輪より首輪がほしかった」

「必要ないわ。放し飼いにしてもあなたは私から離れていかないでしょう？」

「なんて最高の殺し文句なんだ！」

感動したルシウスが、抱きしめたキアラに覆いかぶさるようにして熱烈に口づけてくる。

見守る領民たちの歓声が、華やかにそれを包み込んだ。

# エピローグ

広々とした王宮の謁見の間には、床よりも数段高くなった場所に黄金の玉座が置かれている。

現在の国王はルシウスとシベリウスの「父親」。系譜にはそう記されているが、実際のところ双子が「祖父」の息子であることは公然の秘密だった。

先代の王であった「祖父」が、双子の母親との密会中に腹上死したことを受け、「父親」はそれまで溜まりに溜まった鬱憤を双子に対して晴らしてきた。生き地獄を脱出した双子が宮廷へ反旗を翻してより三年。王位争いの思惑もからみ、親戚まで参戦してきた政争は、国中を巻き込む内乱に発展した。実際は年上の甥である「異母兄」たちを殺し、敵対する多くの親戚・貴族を殺し、人形のように無気力になった「父親」を形だけ王位に残して、争いは双子の完全勝利で幕を下ろした。

いまや黄金の玉座にシベリウスが戯れに腰かけても、それを咎める者はいない。国王当人すら見て見ぬふりをするだろう。

誰もいない謁見の間で、玉座の上に片膝を立てて座るシベリウスは、赤ワインがなみなみと注がれたグラスを上機嫌で掲げてくる。

「我々の勝利に！」

その足元――まるで血が沁み込んだかのような、深紅の絨毯が敷かれた階段に腰かけたルシウスは、けだるくグラスを持ち上げて応じた。

「勝利に」

喉を鳴らしてワインを飲み干し、シベリウスはグラスを放り投げる。離れたところで砕け散ったグラスを眺めつつ、彼は王位を冒瀆《ぼうとく》するように玉座のひじ掛けに脚を投げ出してだらしなく座った。

「これで俺たちを脅かす人間は一人もいなくなった！」

「うん」

「なんだ、張り合いがないな。もう少し喜べ」

文句を言ってくる兄に、ルシウスは小さく笑う。

「嬉しいさ。暗殺を警戒する日々ともおさらばだし、何をしても誰にも文句を言わせないだけの力も手に入れた」

「そうだ。その意気だ」

「あとは――」

ルシウスがそう言いかけた時、侍従が謁見の間に駆け込んできた。

「ロォムより伝令が来ました！　ロォム伯が王宮より派遣された監督官を殺害し、我が国からの分離独立を掲げて反旗を翻したよし！」

「叛乱が起きたか。まぁ、だいぶ締めつけたからなぁ」

原因に心当たりがあり過ぎると苦笑するシベリウスの前で、ルシウスの胸が大きく高鳴る。何という好機か。

「僕が行くよ」

ワイングラスを床に置いて立ち上がった弟に、シベリウスが「は？」と声を上げた。

「辺境の叛乱ごとき、わざわざ王子《おまえ》が出張るまでもないだろう。手柄を立てたいやつにまかせて――あぁ、そうか」

何かを思い出したようにシベリウスが言う。ルシウスはうなずいた。

「僕はキアラを手に入れる」

「まだ好きだったのか。おまえ意外にしつこいな」

「一途と言え」

「どんな女も手に入るのに、進んで一人に縛られるなんて物好きだ」

「何とでも。逆に僕はキアラを縛りつける。完璧だ」

何が何でも彼女と結婚し、子供を作り、彼女を名実ともに自分のものにする。

身体も、信頼も、笑顔も、愛もすべて。

兄はニッと笑う。

「キアラがおまえを愛するとは限らないだろう」

「その時は僕の部屋に繋いで閉じ込めるまで。時間をかけてゆっくり飼いならす」

静かに決意を語ると、兄はますます呆れたようだった。

「人間は野生動物とはちがうぞ」

「どうした、急に。まともなことを言ったりして」

「俺はまともさ」

「敵の妻や娘におまえが何をしたか、ひとつひとつ思い出させてやろうか？」

ルシウスの切り返しに、シベリウスは玉座のひじ掛けをたたいて呵々大笑《かかたいしょう》した。笑いすぎるあまりにじんだ涙をぬぐい、「そううまくいくかな？」などと嫌なことを言う。

「せいぜい気を付けるんだな。ロォム伯は、断じて娘を王子に与えたりしないだろう」

「あぁ――」

ロォム伯の名を聞いて、ルシウスの腹の底からふつふつと怒りが湧き起こった。身を焼く激情を心地よく味わいながら、うっそりと笑う。

「ロォム伯は、うんと絶望させた後に退場を願おう。息子がほしかったと言っては、何度もキアラを傷つけたそうだから」

シベリウスが「おぉこわ」とおどける。

「おまえの微笑みは時折俺をも凍りつかせる」

「じゃあ――」

別離の言葉はそれだけ。

肩越しに微笑みをひとつ残し、ルシウスは玉座に座るシベリウスに背を向けて歩き出した。

# あとがき

こんにちは。最賀《さいが》すみれです。『私と離婚させられそうになった王子が国を滅ぼしそうです』をお届けします。

不穏なタイトルですがラブコメです！　領主としての仕事が頭から離れないキアラと、キアラのことしか考えていないルシウスとの、かみ合わない関係を楽しんでいただければ幸いです。

ちなみにヤンデレヒーローを目指したつもりが清々しいほど健康的なサイコパスになってしまい、ヒーローの属性に悩んでいたところ、担当さんから「ヒロイン全肯定過激派」なる的確すぎる称号をいただき「それだー！」と刮目した次第です。今後もキアラに叱られつつ幸せに生きていってほしいです……。

イラストはもんだばさん。カバーのルシウスのがっつりホールド体勢、絶っ対に逃がさない感じが伝わってきてゾクゾクしますね。かわいくて透明感のあるカバーと本文イラストをありがとうございます！

そして数ある作品の名から拙作を読んでくださった皆さまへ、心からお礼を申し上げます。

またお会いできることを祈りつつ。

最賀すみれ

Sonya
ソーニャ文庫

この本を読んでのご意見・ご感想をお待ちしております。

◆ あて先 ◆

〒101-0051
東京都千代田区神田神保町2-4-7 久月神田ビル
㈱イースト・プレス　ソーニャ文庫編集部
最賀すみれ先生／もんだば先生

# 私《わたし》と離婚《りこん》させられそうになった王子《おうじ》が国《くに》を滅《ほろ》ぼしそうです


2025年4月6日　第1刷発行

著　　者　最賀《さいが》すみれ
イラスト　もんだば
装　　丁　imagejack.inc
発 行 人　永田和泉
発 行 所　株式会社イースト・プレス
〒101－0051
東京都千代田区神田神保町2－4－7 久月神田ビル
TEL 03－5213－4700　　FAX 03－5213－4701
印 刷 所　中央精版印刷株式会社




ISBN978-4-7816-9779-6
定価はカバーに表示してあります。

Sonyaソーニャ文庫の本

**君を失うくらいなら、壊してしまおう……。**

隣国との戦に敗れ、古城に幽閉されることになった女王クレア。だが獄吏として現れたのは、かつてクレアの代わりに人質として隣国へ渡った幼なじみ・ウィリアムだった!? 再会を喜ぶクレアだが、彼はクレアの女王としての誇りを砕くように、快楽に堕とそうとしてきて……。

**『番人の花嫁』** 最賀すみれ

イラスト 炎かりよ

Sonya ソーニャ文庫の本

『諦観の皇帝は密偵宮女を寵愛する』

最賀すみれ

イラスト 墨

Sonya ソーニャ文庫の本

**頭上に天使の輪が見えます……**
**さては翼も隠しているのでは?**

父王に虐げられ、城の北翼で近衛隊と暮らすギゼラ。隊長のエリアスは無口だが、厚い忠誠心から主君賛美を滔々と語りだす癖がある。その饒舌さに隊員達とあきれる毎日は幸せだったが、ある日ギゼラに政略結婚の王命が下るとエリアスの様子が変化して……?

**『寡黙な近衛隊長は雄弁に愛を囁く』** 最賀すみれ

イラスト 如月瑞